你是我
输不起的明天

性淡如菊 著
XingDanRuJu

中国华侨出版社

图书在版编目（CIP）数据

你是我输不起的明天 / 性淡如菊著. —北京：中国华侨出版社，2015. 10 （2021.4重印）

ISBN 978-7-5113-4663-6

Ⅰ.①你… Ⅱ.①性… Ⅲ.①散文集—中国—当代 Ⅳ.①I267

中国版本图书馆 CIP 数据核字（2015）第 252283 号

你是我输不起的明天

著　　者 /	性淡如菊
策划编辑 /	周耿茜
责任编辑 /	嘉　嘉
责任校对 /	高晓华
封面设计 /	尚世视觉
经　　销 /	新华书店

开　　本 /880 毫米×1230 毫米　1 /32　印张 /9　字数 /150 千字

印　　刷 /三河市嵩川印刷有限公司

版　　次 /2016年1月第1版　2021年4月第2次印刷

书　　号 / ISBN 978-7-5113-4663-6

定　　价 / 38.00 元

中国华侨出版社　北京市朝阳区静安里 26 号通成达大厦 3 层　邮编：100028

法律顾问：陈鹰律师事务所

编辑部：(010) 64443056　64443979

发行部：(010) 64443051　传真：(010) 64439708

网　　址：www. oveaschin. com

E - mail：oveaschin@sina. com

目录
Contents

第一章

等你，
在江南烟雨的墨韵里

　　蔚蓝的天空，纤尘不染。阳光，穿透心灵。一盏清茗，一缕芬芳，一袭青衫，一段温馨的往事，在青山流水间醉了往来的风。寂寞静静滑过，在岁月深处，迷蒙成漫天的烟雨，泼洒出江南的水墨丹青。

　　与你相遇，是我今生最美的意外。雨后的天空，没有亮丽的彩虹，却有惊心动魄的蔚蓝。你站在湖光山色、芳草萋萋的田园里，一袭白衣，惊艳了流水落花。缘是那心灵一瞬间的悸动，爱是彼此不经意的惊鸿一瞥。也许是寻找了千年的等待，也许是遗忘了时光的守候，刹那便成永恒，心动便是一辈子。人生的最美，莫过于邂逅的刹那，两个心灵的撞击，染亮了江南烟雨的墨色。

温润如玉，蕙质兰心，我拿什么来形容你。你是婉约在古典里的女子，带着陶渊明的隐逸、李清照的清静，温温的、润润的，行走在江南的水乡，书写着飘逸的诗韵。不热烈，不张扬，如同这江南的雨，飘飘洒洒，若有若无，朦胧了我的梦。成熟的胸怀，慈悲的心灵，闲看花开花落，云卷云舒。似水流年，沉淀出你淡淡的清雅，你是个知性并深邃女子。痴迷了我的心，沉醉了我的情。魂牵，梦萦！感觉每一滴雨，都是你的泪；每一片云，都是你的情；每一朵花，都是你的心；每一缕风，都带着你的芬芳；每一声水响，都是你的轻吟。

漫步在烟雨江南，沿着曲折的柳堤，静观鱼戏波，风吹浪，任相思如云烟弥漫。想那细长的垂柳，如你风中的长发，飘逸出古典的浪漫。曲径通幽，石桥水榭，亭台楼阁，无不缱绻着淡淡的情思。已经是春天了，你的心还睡着吗？

桃花开了又谢了，柳叶落了又青了。那雨里的芭蕉，还耷拉着枯萎了的叶子，你看见了吗？

清澈的碧潭，成群结队的青鱼，嘴里衔着水草，在丝藻里浮游，尽情享受自由自在的快乐。落花洒满碧潭，青草铺满山坡，我在春天里徜徉，心里却只有你。还有一条奇怪的青鱼，却喜欢倒游，仿佛叛逆的我，总做些奇怪的事。里面的一座孤亭，亭子空荡荡的，与那顾影自怜的垂柳一道，在碧波烟雨里惆怅。

很喜欢这片神奇的土地和这土地上有点传奇色彩的园林。这是小城中央，最后的净土。几百亩的园林，数百年的历史。越过一个小潭，上坡，又是一个小潭。一律的小径通幽，一律的古木苍苍。古樟和古枫上悬挂的牌子上显示，这些古树已经有年150或200年历史。最年轻的桂树，也有百年岁月。站在桥栏上观鱼，静听流水潺潺，仿佛身在世外。古老的紫藤，顺着古树，蜿蜒出苍劲和倔强。藤萝上的紫花，灿烂成春天特有的烂漫，那是怎样一种花瀑？倾泻出一种磅礴和深邃，仿佛你所特有的高雅和浪漫。漫天花雨，鸟儿啁啾，在这样一片净土，它们的鸣声是最清脆的，在它们的声音里，流着情，淌着爱。鸟鸣啾啾，如天籁，如琴韵，伴着水声，带着花香，在绿荫深处，在寂寞深处。

下石桥，便是一渠，渠中流水颇急，却更见清澈。水藻如风中的乱发，细小的鱼苗，如针尖，如细丝，如雨珠，如女子的睫毛，在激流里窜。渠旁便是碧塘，几处钓台伸进碧塘，古老的石栏，却没有一个钓客。便少了些许"青箬笠，绿蓑衣，斜风细雨不须归"的古意。好想与你，披蓑戴笠，执手相看，在这绵绵的雨里，静钓一潭风月。挥洒我是渔公、你是渔婆的千年浪漫。花香沁鼻，仿佛你的体香，清幽而淡雅。

远远一榭，傍水而建，红墙黄瓦，门扉紧锁，旁边点缀许多乱石。奇石、水榭、古木、繁花，倒影水中，那鱼群仿佛就在奇石、水榭、古木、繁花里穿行，游弋于仙境之中。静静地与你相拥，手捧一书，在江南的雨里，慢吟诗词歌赋，让水倒映我们的容颜在静静的时光里流淌，慢慢地变老。最后与这纯美的自然融而为一。

潭的尽头，又是一桥，桥洞相连，又是一潭。红色的大鲤鱼，摇着尾巴，慢吞吞穿过桥洞向那更清更浅的潭里游去，渐渐藏匿于乱石中不见。堤岸上是一片草坪，草色绿得发亮。雨落草丛间，弥漫一地轻烟。

房屋楼舍，或飞檐翘尾，古香古色；或高大宏阔，现代感极强。都掩映在绿树丛里，几经辗转，林荫深处，惊现一地幽兰。那惊鸿一瞥里，有着怎样的淡雅？这一刹那的惊艳里，才知道世间的一切花朵，都稍感俗气。兰开幽谷，仿佛隐世的你。

隐者如兰，而我只是一朵菊而已。你是兰，我是菊，婉约在江南的雨里。兰，在雨里静默。紫色的花，白色的底，淡而雅。那轻盈的花瓣，薄如蝉翼，润如丝绸。那是雨的精灵，云的魂魄，梦的梵语。兰的芳香，世界上似乎没有哪一种花香可以媲美。那是真正穿透灵魂的梵音，在升空的刹那，透亮成照耀虚空的佛光。兰，优雅地开着，在百年古树下，也许它们并不需要很多阳光，仅仅一点风雨就已足够，便能开出震撼俗世的花朵。兰，开满一地，每一朵花里，都有一个你。你在花瓣里摇曳，摇落一地诗情。

因为有你，就是风雨也温暖。独行在寂寥的雨里，享受心里有你的幸福。转过兰池，便见那200年古枫顶天立地，唤醒我沉睡了的野性。顶天立地，叱咤风云，万马奔腾，慷慨悲歌。我本天地一男儿。好想金戈铁马，驰骋疆场，马革裹尸，横槊赋诗。那一世，我是英雄，你是美女，你躺在我怀里，静静流泪，泪水濡湿我的战袍，书写儿女情长的浪漫。我倚天屠龙，仗剑长歌，一生豪迈。

因为有你，我的世界不再寂寞，那一地飘零枯叶，也在脚下有了绵绵的柔软。落花、枯叶、青草，总是夹杂在一起，氤氲着淡淡的情思；因为有你，我的文字有了轻灵的翅膀，空灵的意境，浪漫的情怀。古树蓊郁，直插天空，这是怎样一种古而幽。房舍躲在古木中，偶尔露出一角，各色的花，点缀其间。白的橘花、黄的迎春、红的茶花……分别在不同的区域，不经意间，与我撞个满怀。

因为有你，我的旅途不再孤单，不再一个人看风景，此刻，分明是与你同在。你如空气般，在我的鼻息，在我的心肺，在我的血液里了。你如花香般，走进我的躯体，与我合为一体了。感恩今生有你，在我的心灵，在我的身体里，你无处不在。在江南的雨里，遇见你，真好。你撑一把油纸伞，身上散发淡淡的幽兰气息，眼波盈盈，在我生命里诗意地走过。你是我生命里的过客吗？

　　烟云弥漫，细雨霏霏。生活，一如既往，平平淡淡，偶尔忙碌，偶尔闲适，闲时读书，留恋山水。渴望与你相识，在这迷蒙的雨里。渴望与你相知，在这江南的春里。渴望与你相恋，在这人生的转角。渴望与你相爱，在这尘世的城里。渴望与你相守，在这忘世的净土。我们在尘世里相遇，那净土也变得温暖，即使地狱也充满幸福。可你一点儿也不知道，我只有静静地思念，孤独地享受，这一个人的地老天荒。

　　思念如烟氤氲，雨儿随花纷飞。我喜欢这缠绵悱恻的小雨，喜欢在细雨淋漓中独行，我感觉到你存在。你的小手在我的大手里温润，你的发丝在我的肩头柔软，你的体香在我的心肺里流淌，你的笑语在我的耳畔缠绵。雨，静静地，轻轻地，柔柔地。你悄悄地，暖暖地，美美地……泪水滑过脸庞，淋湿衣襟，洗涤心中的惆怅。我等你，在江南的雨里，等你，一辈子……你会来吗？也许今生，你不会出现，也不会到来，你只是我的一个梦，在雨里，江南的雨里，游离了千年。我的兰，你在哪里？

雨渐深，天渐暖，云流，风斜，情懒。一个人漫步在午后的园林，思念着一生的等待。你若在，心就在。也许你也在寻我，也在这江南寂寞而缠绵的雨里，静静地，虔诚地，任时光荏苒，岁月蹉跎，也未曾有一丁点儿放弃。真想柔柔地抱抱你，温暖你，以一生的柔情与你一起去听江南水乡的渔舟唱晚，去看长河落日的大漠孤烟；一起守候心中的净土，用手中的笔，记录人生的浪漫。相逢是歌，真情演绎。相识是缘，感恩缘遇，等你，在千里之外。想你，在江南的雨里。也许今生，你不会到来，但来生，我还要等你，在美丽的江南，无边的烟雨里。

第二章

你是，
我诗中最美的句子

（一）

想你，春风十里。爱你，桃花满坡。念你，是江南二月，早早地来到村口，踮起脚尖，把春风剪细，把柳丝吹绿，把桃花催开，只为与你在春天里有一场盛大的相遇！

花开，你在花里。蝶来，你在蝶间。你是我岁岁年年，日日月月永不褪色的花。我是你时时刻刻，分分秒秒不肯老去的蝶。花为蝶绽放，蝶为花沉醉。总感觉花是蝶的前世，蝶是花的旧人，不然为什么就一见如故呢。

你的纤手抚过清瘦的诗句，句子里春暖花开。你在花里妖媚，把相思洒满江南。

每日行走在江南阡陌，读着古老的诗篇，看着日升月落，总有淡淡的闲愁。那闲愁落在在水声里，如烟；飘在雨韵里，似雾。濛濛的，似有若无，难以遣散。

总以为春天是有门的，就如那爱你的心，一下子打开，青山绿水，万紫千红，那种妖娆，那种明媚，那种生命的力，顷刻间便倾泻出来。那种感觉，是铺头盖脸的，用两个字来形容，我想就是"掩埋"。被春天"掩埋"，是一件幸福的事。被爱情"掩埋"，则是无数不幸中的万幸了。

我知道，那明媚的春光，终有一天会老去。所有的青绿，会褪去色彩。所有的花开，会最终凋零。但爱你的心不会老，诗里的春天不会老，那里桃花正艳，春光正好，你也正妖娆。每一个句子里，都写满了对你的相思。每一个词语里，都倾注了对你的深情。当夜深人静时，你轻轻捧起这些文字，那些美丽，便如潮水一般将你淹没，那是我对你无尽的爱与思念。

每一行文字，都是一条小径，无论你从那个地方出发，都能与我相遇。因为我在每一个句子里，都种上了桃花，桃花树下，都有我一生的等待。只要你轻轻打开，就会有缤纷的花雨，缓缓飘落，洒满你的长发，落满你的长裙，铺满你脚下小路，把你带进春的深处。

（二）

你，是玉的净，花的香，瓷的白。你，是诗意的女人，温柔的故乡。你，是美的诗，寂的词，慢时光。你是画，是情，是透骨的爱。

今生，只愿住进你的心里，在诗里行走。你是诗中最美的句子，我在其中禅坐，忘了时空，也忘了自己。春天是最适合朗读的，高声地，放大歌喉，如树上的鸟雀一般。就这样读呀读，读到永恒，读到地老天荒，直到我们一起开成并蒂莲花，静静地，在诗中，在词里，在白云深处。

常常觉得，有一种女子就是故乡，一接近，就会感到温暖，那种温暖不是用语言就可以形容。也有一种女子似江南，她的温柔，是刻在骨子里的。就像我的江南故乡，浪漫脱俗，住着百花的种子。烟雨深处，一袭春风走过，就会姹紫嫣红，蔓延成一个春天。

也喜欢这样的女子，眉间有山水，唇间有清音，静静开呀开，开成一朵莲花。站在七月的门楣，静对那一池荷花，心里眼里梦里魂里都是你，你是每一朵莲荷，每一朵莲荷也是你。众荷喧哗，在一个夏日的午后，在淋漓的雨里。我知道，爱你是入骨了，你也是爱我入魂了的。

爱的世界里只有你，你来，我在，你不来，我依然还在。池中的莲，只为你盛开。心中的莲，也只为你绽放。我在江南，写十里荷花，在梦里，轻念你的名字，只等你，深情回眸看我一眼。

我喜欢安静，喜欢幽居，你也喜欢远离尘俗，远离喧嚣，在僻静处，安放我们的灵魂。推窗一溪云，开门满山花，时光正好，你正好。就这样枕着水声入眠，什么也不说，你我都会心领神会。你给我一个世上最寂静的地址，说那是灵魂的故乡。我沿着小径一路追寻，却发现一路通向的是你的心？清风十里，莲荷满池，月光落下，满园清香。

我的心，是一条通往桃源的小径，我在路旁种满鲜花，也在路上温柔地洒满诗篇。因为我知道，我要等的那个人，一定会踏香而来。为了与你相遇，我在路口等待了千年，迟来的你，请再不要错过。因为啊，你那不经意的错过，我又要再等千年！

月色如水。今夜的月下，你是否会记起，曾经的你我，满月鲜花下，许下过怎样痴情的诺言？生死契阔，与子成说。执子之手，与子偕老。

（三）

这是怎样一种爱情？如莲花照水，明月映雪，玉生轻烟。虽然虚幻，但很唯美。不沾烟火，不惹尘埃，人在石上坐，心临清泉眠。你是云端的女子。我说，你是我的信仰；你说，我是你的宗教。香风薰处小径幽，绿荫丛里花暗留，莫问春色落谁家？

常常想，世界上最美的，是爱情与文学。一个人，皈依文学。两个人，皈依爱情。孤灯青卷是一种美丽，红袖添香更是一种浪漫。很多美丽的故事，开场爱情，结尾文学。也有许多传奇的故事，开篇文学，结局爱情。但不管是哪一种，都是灵魂的净化与升华，如青山绿水，日升月落，春去秋来，仅仅只属于自然。

你说，爱我的文字到了痴迷的程度。是我的文字勾去了你的魂魄。其实，与某首诗，某句话，某段文字喜悦相逢，不可救药地爱上某个人的文字，就是一种宿命。人生有很多的缘，也有很多的遗憾。总是感叹相见恨晚，那恨如梨花雨似的泪珠，凉凉的，温温的，仍然有着千年前的温度。那温度里有爱，有诗，也有不肯老去的故事。

今生，你就是我的诗，读你千遍也不厌倦，握在心口，总有心醉的感觉。我就喜欢慢，慢慢地，一辈子也走不出一首诗。从一个词，到下一个词，慢慢行走，就如从一个春天开始，经历无数风雨，收藏无数阳光，静静地走进秋天。从一个句子，到下一个句子，总是觉得隔山隔水，隔云隔烟，要用一生的深情去悟，去爱。

低眉，桃花流水。抬头，白云深处。心会记得，你的温柔，你的好，你的美。时光慢慢逝去，而桃花还在，流水还在，白云还在，依然写在我们的诗行里。那么慢的爱，那么静的念，如瓷里的青花，非要经过烈火的焚烧，痛苦的煎熬，才有惊世骇俗，超逸凡尘的美。

喜欢低眉的你，不张扬，不放纵，静静开成一朵莲。与你对坐，就如对着一池莲荷。淡淡的清香，粉嫩的姿态，只可远观，不可亵玩，眼角眉梢都透着一种高贵。静静走进彼此的灵魂深处，不惊不扰，却每一丝呼吸，每一次心动，每一个起心动念，都是为你。

孤僻，清高，不为人懂。有谁知道你的心事？静静开成一朵午荷，娉婷，清净，无尘，用尽一生的相思和爱情。人说蝴蝶是会飞的花朵，蝴蝶再美，也飞不过沧海。一个人流泪，一个人独舞，一个人寂寞，一个人地老天荒。只愿在最深的红尘里，深深把你揣在心底，贴紧你的温暖，感受你的心跳。

就这样安静地，湮灭了尘烟，淡去了浮华，一袭青衫，一把纸扇，在时光水岸，静待花开。午后的湖是寂寞的，雨后的荷是沉静的，独坐亭台，宛如坐在寂寞的深处。莲叶田田，众荷喧哗，只在这极静里感觉到极动。只感觉，每一朵荷，都是你。

（四）

你的唇间有花语，眉间有清风，读你千遍万遍也不厌倦。你的心间有清溪，袖底有冷香，你如花间一壶酒，未曾细品，就已醉了。醉了就醉了，生生世世都愿意这样一直沉醉，不愿醒！

你在我的眼中，我在你的心里。我在你的血液里，你在我的骨髓里。你是我的花落香息，我是你的雨后春山。我是你的岸上清风，你是我的枕边明月。你送我一树繁花，我赠你一朵白云。我寄你一个江南，你给我一个春天。你与我相约一个来生，我与你相守一个今生。

在物质到不了的地方，我们共建一个温馨的家。不问生死，不说悲喜，不言因果，不管是缘是劫。只愿与你在红尘里真心真意相爱一场。想你，不管天堂与地狱。爱你，明知是粉身碎骨的生死劫，也要飞蛾扑火。我什么也不要，只要你。用我们的灵魂，在心灵家园里，相知，相恋，相爱，相惜，生生世世，直到地老天荒。

求佛给我一滴怜悯的泪，让我在这滴眼泪里闭关，莲开心中，悲欣交集。在这尘世里，我不要富贵，不要荣华，不要长生，只要你。人生的悲喜苦乐，我都愿意承受，只要与你在深深的红尘里，有一个美丽的相遇。

在时光里打坐，岁月里参禅，只见你，不见佛。总感觉，你就是佛，佛就是你；你是莲，莲就是你。就这样自性清静地爱你，不叫沾染一丝尘埃。心灵的庙宇，住着如莲的你，用爱与真情，虔诚地把你供养。

一场雨，江南的雨，湿漉漉地，下在眼里，也下在心里。我们在烟雨里，也在青花里。人生，总有这样一场烟雨，淅淅沥沥，迷迷濛濛，下成一个天堂，落成一方净土。烟雨里，花开成诗，叶长成词，我们在流年的韵脚里，平平仄仄，吟唱如歌。石巷画桥，粉墙黛瓦，一袭青衫，一袭旗袍，一把油纸伞，携手并肩行走，只为花，只为爱。

你是朦胧诗，我是你诗中的句子。你是花间词，我是词里的章阕。一笔一笔写出桃花，又一笔一笔写出莲花，然后静静坐在书里，坐在水云间，你读着我，我读着你，依偎着，慢慢老去，老成漫山遍野的菊。

第三章

为爱栖息，
绝世桃夭

桃之夭夭，灼灼其华。之子于归，宜其室家。

桃之夭夭，有蕡其实。之子于归，宜其家室。

桃之夭夭，其叶蓁蓁。之子于归，宜其家人。

——《诗经·周南·桃夭》

（一）

我的心中是有桃花的，要不这个春天怎么会来得这么早。春节前四五天，桃花就开了，以至于我见到桃花时，忽然就惊诧了，不知怎么来形容这种惊喜。如同忽然见到寻找了千年的女子，惊艳得说不出话来，只呆呆地望着，我知道，这就是爱情。千年万年，山河老去，这种奇异的感觉，是不会老的。

"桃之夭夭，灼灼其华。"你是我《诗经》里的新娘，妩媚而摄人心魄。这种浪漫的情怀，是开在骨子里的，只感觉我的骨头上，一朵一朵开满了桃花，玉蕊楚楚，娇羞欲燃。这是大自然的奇迹，菊花，桂花，桃花，在同一个时空开放。黄巢在《题菊花》里写道："他年我若为青帝，报与桃花一处开。"他的理想，我帮他实现了。佛说：万法由心生。是心中的爱情，催开了桃花。春天真的来了，滚滚的雷声，磅礴的春雨，就要涨桃花汛了。

佳人如玉，飘逸淡雅，婀娜多姿。温婉含蓄，热情奔放。这是一朵开在心底的花，我的桃夭。你是艳的，仿佛天上落下的云霞，含露吐英，旖旎在春的枝头。烟雨蒙蒙，如同缠绵的情丝，滋润着这灵性的生命，伸手捻着那一丝柔滑，一缕花魂。粉妆玉砌，鹅黄纤嫩，人面桃花相映红，不知那明丽里蕴含着多少寂寞。

这是素洁的梦幻，欲燃的粉红。也许是来自陶渊明的桃花源，也许是来自金庸笔下的桃花岛。

桃花似海。越是高雅的，就越寂寞。这些高贵的粉红色花雾，是冬的沉寂后乍暖的惊艳，娇弱，惹人爱怜。我不得不感叹这造化的神奇，欣赏她的绰约风姿。桃花是闲散的，也许是墙角地头，也许是河滨的一隅，也许就在那不为人知的荒野。

经过烟雨的浸染，熏风的抚摸，桃花更是轻盈，香而不浓，甜而不腻。或晴或雨，都妩媚动人；或浓或淡，都不失温柔婉约。白的似雪，粉的似霞，红的似火，如痴如醉，尽情绽放着属于自己的美丽。桃花是美丽的，浪漫的，多情的，优雅而稚气，高贵而热烈。我觉得，除了桃花，没有哪一种花可以代表爱情，玫瑰终究是太俗了一些，配不起淡而雅，也配不起这种热情——争先恐后的狂热。这是一种疯狂，一种燃烧，没有哪一种花，可以这样燃烧自己，拼了命似的燃烧。

（二）

桃花是带着酒气的。粉嫩动人，天真烂漫。妖娆，柔软，调皮，可爱，俏丽。被春风唤醒，坠入尘埃。粉红的瓣，黄黄的蕊，慵懒而缭乱。玲珑艳丽的身影，有着说不出的凄美。贵妃醉酒，应该是桃花色的，那种骨朵儿乱，花枝儿颤，带着几分酒气，是最让人意乱神迷的。那种色是饱胀的、欲裂的，指尖一触碰，就会滴出水来。

蓓蕾初绽，如含苞欲放的害羞的少女，在熏风细雨里做着春梦。才几日，惊醒了似的，东一枝，西一枝，嫣然微笑，花潮奔涌——那是一种喷涌，把花儿朵儿从褐红色的枝干上喷了出来。桃花蕴藏着巨大的生命力，是春的火焰。粉红的，深红的，一朵紧挨着一朵，挤满枝丫，怒放着，张扬着，狂热着，一团团，一簇簇，染红了云霞。大气磅礴，如海，似潮。

一笑倾人城，再笑倾人国。满园胭脂色，莫道不销魂。桃花灼灼地开放，深邃，慵懒，妩媚，温婉，迷情，醉了多少红尘过客。隔岸桃花，淡而浓，冷而艳，带着江南的气息。令多少英雄豪杰，醉生梦死。桃花，是美人脸颊的颜色，也是血的颜色。桃花是留在文人血管里的艳词，带着颓靡的诗意。桃花是一种运，也是一种劫，每个人都在等待着这一场劫，也都在心里种着一株桃树。桃花落满蹊，鲜血，情欲，桃花，繁华之后就是苍凉。但那苍凉，也是铺满了桃花的，一壶酒，一把剑，一路桃红。江湖是桃花的江湖，惹上桃花，虽然颓靡，但也美丽。

桃花是任性的。极静，又极动。悄无声息，又肆无忌惮。是爱情的，也是恨意的。

崔护的《题都城南庄》诗云："去年今日此门中，人面桃花相映红。人面不知何处去，桃花依旧笑春风。"唐朝的桃花，开过千年，都不会老，因为爱情不会老，艳情也不会老。林黛玉葬的桃花是红色的，吐在宝玉送的半旧的帕子上的血也是红色的。桃花是开在凡尘里的，也是不食人间烟火的仙子。

胡兰成说："桃花难画，因要画得它静"。说到底，桃花是一种深沉的寂寞，而且是太过寂寞了。桃花也是冷的，那是深到骨子里的寂寞开出的极静的花，因此桃花也是最绝艳的——冷到极处，是绚烂；静到极处，是喧哗。大凡世上的美人，都是极其寂寞的。越是寂寞，越高雅。静到极处，才能美到极处。

（三）

桃花是诗人的。不知是桃花招惹了诗人，还是诗人招惹了桃花，桃花与诗人的痴缠，平平仄仄，自有文字来，就无止无休。一壶酒，一杯茶，与花语，共花眠。红雨阵阵，朱砂点点，任桃红片片落满身子，醒来随手一抹，那淡淡幽情便化成了诗，化成了画。

不教相思惹桃花。世上最潇洒的，要数诗僧张志和，他说："西塞山前白鹭飞，桃花流水鳜鱼肥。"诗人们爱好以诗作画，其实桃花并不需要太多，"竹外桃花三两枝"就可以了。最好是野生的，那种野，仿佛人骨子里天生的野性，更自由，更自在。"桃花一簇开无主"——名花无主，尽可以采摘。

晏几道诗云："舞低杨柳楼心月，歌尽桃花扇底风。"蒋捷诗云："流光容易把人抛，红了樱桃，绿了芭蕉。"杜甫诗云："可爱深红爱浅红。"除了万亩桃花红霞一片，依云而开之外，更有夹岸桃花蘸水开的奇景，若是悬崖峭壁之上，猛然瞥见一树桃花，那更是惊艳无比的。

桃花是冰清玉洁的，《红楼梦》里说林妹妹是做了桃花仙子的，那种馨香也是淡到了极处的，就如林妹妹的冷香。每一朵桃花，都如轻盈的羽翼，也如奇女子的肌肤，如脂，如玉，如雪。亭台楼榭，野外荒郊，烟雨风露一晕染，便灵性地活了起来。

桃花是风情的，也是风流。"癫狂柳絮随风去，轻薄桃花逐水流"，更有"春水迷天，桃花浪，几番风恶"。画舫珠帘，买花载酒，武陵溪上频偷眼，小唇秀靥，一夜花狼藉。浅浅的酒窝，坏坏的笑，让我想起俞平伯《桨声灯影里的秦淮河》，那一种艳情。

桃花无处不在，《红楼梦》里是开满桃花的，《金瓶梅》里也是开满桃花的。桃花总是与柳待在一块儿的，桃花面，杨柳腰，才构成一位绝色的美人。桃含宿雨，柳带朝烟，在熏风暖阁小桥花坞之上，执一柄团扇，娇喘吁吁地去捕蝶，那该是怎样一种风流呢？林妹妹薛姐姐也是风流的，曹公说她们的风流，是一种意淫，是超越于肉体之上的。

（四）

桃花是瘦的。黛玉《葬花吟》说："桃花帘外开仍旧，帘中人比桃花瘦。"瘦得如一朵桃花。红颜多薄命，因为红颜太瘦了，这种骨感，虽然很美，但也是经不起岁月的，冷雨一打，就零落了。不零落，也凌乱了，如红楼里的那些女子，才高貌美命薄，剧未终，却早已一片狼藉，落红遍地。

桃花是有恨的，此恨有关风和月。每一个桃花梦，都是令人沉醉的，有着自己的伤和痛。可以脉脉含情不离不弃，也可以忽远忽近若即若离。桃花是一种忧伤的糜丽，江南江北几乎家家户户都有桃花，从南到北依次开过去，几千里的时空。古代和现代都有桃花，从古到今依次开过来，几千年的时光。中国是个桃花的国度，若离开了桃花，就没有了诗词。离开了桃花，也失去了风流。

陶渊明的《桃花源记》是世界上最风流的一章，远离世外，一个仙境，如在梦中。中国的帝皇，都致力于把自己的皇家园林，打造成一个世外桃源，那被称为"东方梦幻艺术"的圆明园，就是清代帝皇的桃源之梦。芳草平沙，斜阳远，乱点桃溪，轻翻柳陌，山泼墨，水捋蓝。皇帝太监宫女打扮成樵客渔夫、隐士文人，在桃花花雨之下，垂钓耕作，吟诗作画，好一派田园风光！世上的喧嚣远了，人间的争斗淡了，只剩下一片幽静。但是黄发碧眼是不懂桃花的，一把火烧了中国帝皇们的美梦。

花痴自古有之，晋朝陶渊明爱菊，宋朝周敦颐爱莲，林和靖爱梅，唐朝的白居易却是一个桃花痴。他在诗里说："村南无限桃花发，唯我多情独自来"，"人间四月芳菲尽，山寺桃花始盛开"。桃花的花期很短，几天就谢了，若想久观，就得如白居易一样，从山下到山上，追着桃花跑了。明朝的唐寅，更是个桃花狂人，"桃花坞里桃花庵，桃花庵里桃花仙，桃花仙人种桃树，又摘桃花换酒钱……别人笑我太疯癫，我笑他人看不穿，不见武陵豪杰墓，无花无酒锄作田。"桃花换酒，潇洒如此，最是痴狂。古代还有一个叫潘安的人，做县令时居然要求治下的农户，家家户户种桃树，只为看那花开的浪漫。潘安是古代第一帅哥，命犯桃花实在可爱。

几日不来春便老。桃花雨，柳叶眉，薄衫轻扇，嫁于东风。一片春愁待酒浇，惆怅。只想乘一叶扁舟，去石矶西畔，在飞桥野烟里，觅一方田园，安放此身。有酒，有诗，有数树桃花。

第四章

一生看花，
相思老

（一）

很喜欢这句话："一生看花相思老。"静静对着一朵花，看它从嫩芽一点豆蔻枝头，微吐芳华娇羞含苞，如火如荼奋力怒放，直到花褪残红落红一点。把相思写满岁月，因为爱过，今生我不悔。

记得《倚天屠龙记》里有一个女人的名字——不悔。记忆中，这个名字如一朵梅花，镶嵌在我的骨子上，更准确些，应该叫"开"。它是开在了我的骨子上，更如一朵桃花。我喜欢这种冷艳，只为我，千年等一回。我亦为你倾尽一生相思，刻了骨，铭了心，即使岁月蹉跎一切成空，依然不悔。

在红尘里打滚，总是姹紫嫣红，乱花迷眼。在乱中取静，闭上眼，清空心，我只看得见你。当心已成佛，唯一可以照见的那朵花，是佛陀手中的那朵，我知道你，你也懂得我。不用手指，不用眼睛，不言不语，即已通透。前世我是佛，你是我的手中青莲。

闭上眼，看见你。我只用心看你，因为你就在我心里，最纯，最净，最柔软，你是我心里最美的花。千年，万年，也不会凋谢。这是江南，烟雨蒙蒙，有着油纸伞，有着青石板路，有着小巷，有着淡淡的忧伤，朦胧的爱情。

花正好，人正好，春天正好，爱情正好。时光很瘦，春也刚来，故事刚刚冒出嫩绿的尖尖，还未繁花满枝。风雨淡淡的，有点晴。路边的幽香淡淡的，有点清雅。月白风清，一个小院，一个小石桌，桌上半本残书，几杯闲茶，一盘棋。我在等你。

书里月光，明媚照我。有一棵草木之心，不需寻幽探僻，只在这有点清冷的院子里，闲读。书里雨润风荷，娴雅静美，花香熏染。闲对时光，闲对你，闲对这素朴日月，一盏温润。

二十四桥明月夜，何处玉人教吹箫？你踏花而来，踏月色而行，千里之外，隔着云山，隔着水湄，深情凝眸，慰我相思。心静即深山，远山灯火，渔舟唱晚，自有闲情无数。

（二）

春风十里，浩荡。天色将晚，搬一把椅子，在街头闲坐，只看雨，听风，听花开的声音。任那一袭花气，脉脉开进眼里，开进心里，开得诗书都长了芽，含了苞。

就这样静静的，静到老。忘了年轮，忘了岁月。只把这素朴岁月，融进墨里，写进诗里。人说天下春色共五分，三分流水，二分尘土。我只这样静，只与你，共一窗风月，共一帘深深浅浅的幽梦，任春意渐浓，花事阑珊。

一壶酒，数盘风月。我拼尽了力气，与你一醉。野渡无人，流水送行舟；空山静谧，闲云慢向远。在雨后的黄昏，兜兜转转，看烟花易冷，刹那成灰，看新人成旧人，落红铺满小径。不述往事，不惹闲愁，不说太美，只愿与你相依相偎，慢慢变老。

一片闲云到枕畔。我有这样一座小屋，有山有水，有数树桃花，一条小路，通向红尘到不了的地方。闲敲棋子落灯花，闲听草木里的故事，闲看花蝶里的风情。

我偏爱清静，山水，闲云，诗行，都是那么的清静，还有清静的你。我也偏爱清淡，淡雅的画，淡雅的眉，淡雅的花气，淡雅的风。没事看云，翻几页闲书，这样的日子，是清静和淡泊的。

虔诚地把自己交付给一江春水，虔诚地把自己给你，所有的爱，所有的情与幸福。酒半醺，情半醉，花半开，眉清，心静，与你在云端，打坐。禅坐在这好山好水，一川落日，烟岚如画。

（三）

你是我隔世的桃花，与风相知，与雨相知，与日月相知。所有的故事，都在我心里，生根发芽，长出一片桃源。我是你雪夜茅舍旁，一枝孤冷的梅。是岁月留白里，几叶清雅，意未尽，情清远。

聆听江南小径，瘦马的蹄音，声声入心。那是来自草原的高亢、悠远和绵长。听，那是来自前世的心跳。突突的，如小鹿乱撞般，在身体的每个细胞里欢呼、跳跃……

爱如深潭。潭影空人心，寂寂的，彻见本性。如李白的《赠汪伦》桃花潭水深千尺；如柳宗元的《小石潭记》，水尤清洌，情尤深远。我喜欢旷野，喜欢淡淡的野趣，有着淡淡的情愁。鸟鸣随着山泉滴沥，野花放下羞涩，裸身奔跑。只想与你，枕着闲云，枕着水声，两两相望，相顾无言，直到地老天荒，沧海桑田。

古寺枯禅，一盏灯火。木鱼声声，钟琴环绕。烟山数重，飞鸟还林。凝目，孤烟落日，旷野清风。浩浩渺渺，心儿随风飘到水云边。提笔辗转，自由，自在，天马行空，无拘无束。酒入豪肠，三分酿成月光，七分草成文字，笔墨濡染，就是万里江山。

你说，最好的心契不在于完全一致，而在于彼此欣赏的互补。如果我是一个半圆，你是我最想要的那个半圆，那么我们在一起就是一个完整的圆……丝丝相扣后谁也无法拆解……

我说，你是上弦月，我是下弦月，时空合一时，就是一轮圆满……这就是缘，红尘最美的相遇……

行到水穷处，坐看云起时。青衫薄透，花香满身，风情小花，开满溪边，一朵朵，一簇簇，一丛丛。这些是我们的相思，散落在原野里的清与瘦。无愁无恨，素净，娴雅，平平淡淡，痴痴缠缠，一路开到天边……

第五章

只为记取，
你眉心里的暖

（一）

总认为你的眉是最美的，秋水盈盈的眼波之上，一横眉黛，如远山青碧，似烟雨蒙蒙。你的眉眼最得山水的神韵，隐藏着淡淡的闲愁，淡淡的冷艳，淡淡的妩媚。为你画一道新眉，淡淡画，细细描，倾尽一生的爱恋。夜渐深了，反复念着你的名字，有一种温暖弥漫心间。夜这样静，谁读懂了你的寂寞？谁又温暖了你的心怀？

清浅白石间，浣纱明月下。最喜你是傲，冷冷的，世间的所有都不入你的眼，谁懂你独孤求败的心语？寂寞的尽头，还是寂寞。苍茫的尽头，还是苍茫。颇喜爱陈子昂那首《登幽州台歌》："前不见古人，后不见来者。念天地之悠悠，独怆然而涕下！"

齐白石有一方闲章叫"白石门下无卿相"。这种来自骨子深处的傲，更是一种冷和静。一扇柴扉，一方庭院，一树冷冽的梅，在白云深处。就这样开了，你就是那雪中的红梅，极冷极艳，极傲极媚的。

只有美人才配得上这个"眉"字。眼含情，眉带烟，一痕清远素净的眉，足可以把一个灵魂勾引。眉可以让一个性情中的女子，多了几分生动，黛玉的小名就叫颦儿。动人春色不须多，一个"颦"字就足矣，江南的烟雨，都在眉上。含愁带恨，烟雨朦胧。民国才女陆小曼有个小名也叫眉。一代女皇武则天，也有个昵称，叫媚娘。

眉这个字眼，只有诗人徐志摩叫得最深情，《爱眉小札》千呼万唤，叫出了女人味。媚作为名字，定有骨子里的那种妖与魅，心底里的明与净，肌肤里可以滴出水来。女人的眉，是会说话的。今生只想静静对着你，读你的眉，叫你媚儿，品读你的万千风情。就这样静对，一千年，一万年，永远，也不厌倦。

（二）

杏花春雨江南。这个词语，放在女人身上，是怎样一种诗意？女人，是一朵自由行走的花，是水做的肌肤，是泪做的江南。在诗里写你的名字，你的名字流出唐风宋韵；在山水里写你的名字，你的名字流淌着洞庭湖的桨声，秦淮河的涛声。

夜很美，很温柔。春在枝头颤动，那是不动声色的优雅。不再轻狂和张扬，我只愿这样静静地对着你，在深绿浅绿里写满爱与真诚。总有一种境界，他人永远无法企及；总有一种精神，他人永远也无法拥有。我们灵魂的默契与高度，远远写在蓝天之外，再也无人可以触摸得到。

很喜欢王维诗中的意境，其中有"明月松间照，清泉石上流"，"人闲桂花落，夜静春山空"之句。喜欢这种禅境，空而不空，静而不静。你如夜空里的明月，春山里的桂花，闲闲的，静静的。

渡头烟火，残阳如血，天地苍茫，山河雄浑，一城烟雨，半城花。生命不过是一场纷纷扬扬的花事，含苞、怒放、凋谢，是一个必然的过程。所谓爱情，不过是渴望像树上的青藤，缠缠绵绵常伴一生。时光抓不住，心也抓不住，唯有不老的柔情，在万丈红尘里，唯美成烟火点点。

（三）

银白的月镶嵌在灰蓝的天幕，打开窗户，仰望月亮和星星。远山，近水，树林，田野，无边的静谧。只有在这沉寂的夜里，让灵魂稍稍得到一点小憩。很喜欢这样的句子："今夜，很美。月色，轻柔。"

喜欢在梦里寻欢，喜欢午夜梦回时静静开放出生命的妖娆。喜欢天空纯净的蓝，喜欢大地无言的静谧。帘外清风，一宵诗意，多少浪漫的情怀，终于化为无言的心语，在静夜里，流在笔端纸上。"众里寻他千百度，蓦然回首，那人却在灯火阑珊处。"——口中念着你的名字，你是我心里最原

第五章 只为记取，你眉心里的暖

037

始的呐喊。

爱与包容，充满着你的胸怀。我虔诚地匍匐在爱的足下，对着信仰顶礼膜拜。爱如一场场烟花，粉红色的落寞里写满颓废和迷恋。我不过如一个收集泪花的男人，温柔地把忧伤埋葬。只期待那世外绝美的桃花，在灵魂深处妖娆开放。桃花，浪漫的桃花，我只要最美的那一朵。那一朵，是你吗？

水连天，天连水。天静水平，唯有月色。我独爱这种静，静得可以忘记自己。这样夜晚，可以内心一片皎洁，只有风月，只有你，只有爱情。把相思写入洒满月色的湖面，那一朵叫爱情的花儿，明天就会开放，熹微的晨露里，绽放着晶莹的欣喜。

（四）

月光婆娑了水岸，与你做一个花月水梦，清风润笔，风月入怀。纤云弄巧，飞星传恨，金风玉露。想你独上兰舟，轻解罗裳；想你钗坠鬓散，万千柔情。轻拥醉人的暖，轻吻你眉间的朱砂，与你一起，书写那美丽的童话。

夜已沉静，闲读徐志摩的《眉轩琐语》，只读到那"月移花影上窗纱""墨池中有落红点点"，惊艳不已。暗自佩服徐志摩的浪漫与诗意，不愧是个至纯至性至真的大孩子。看他诗《残春》：

> 昨天我瓶子里斜插着的桃花
>
> 是朵朵媚笑在美人的腮边挂；
>
> 今儿它们全低了头，全变了相：
>
> 红的白的尸体倒悬在青条上。
>
> 窗外的风雨报告残春的运命，
>
> 丧钟似的音响在黑夜里叮咛：
>
> "那生命的瓶子里的鲜花也
>
> 变了样：艳丽的尸体，谁给收殓？"

想那些艳丽的尸体，在黛玉的花锄之下，和泪与诗歌安葬，是一件多么浪漫的事情！想那颦儿的眉，也该是多么动人！你如一个唐宋古典的女子，在仕女画里，青春萌动，眼迷离，眉弯弯。低胸，露颈，鬓丝乱，心也不定。那该是多么动情的呀！也许你在想，我们就是春天，桃花儿就此怒放吧！

（五）

我读女人，是最喜欢读眉的。眉之魅，胜过任何地方的的魅力，那种魅，对高雅的男人是致命的。眉，是美人面孔之上的画龙点睛之笔，万种风情，无边意态都在其中。柳叶一弯，含情；蛾眉倒挂，带愁；细眉一挑，勾魂。"

美人的眉是很有诗意的，古诗里有"春山眉黛低"、"眉晕半深唇注浅"、"一眉新月西挂"、"胭脂小字点眉间"句。古人写眉的诗句有上万，可谓奇句迭出。日本的浮世绘和中国唐朝的仕女画，有着春画一样的香艳，古典的闲逸宁静之气。小小的红唇，丰腴的面庞，清远细长的眉，性感、脂粉气，更有朱砂痣、斜插着金步摇的云鬓，把人带入软语温香，淡淡的清远之中。烈焰红唇，粉面桃腮，一弯细眉。极热里极冷，极动里极静，极浓艳里极素净，只因为这清冷淡远的一笔，仿佛一条深远的小路，吸引着男人沿着曲径，寻芳而来，抵达山野深处的桃花源，泛舟那一湖春光荡漾的旖旎。

在无尽的岁月里读你，直读到山河老去，天地变色。谁道蝴蝶飞不过沧海？在夜色里升起一轮圆满，许你一个永远。吻你的眉，倾情一场相遇，思念瘦了那一轮皓月，为你幸福，为你心疼，为你守候，直到地老天荒。

柳丝拂堤，烟水蒙蒙，柔情万千，无处诉衷肠。一曲新词酒一杯，小园香径，燕子归来。在春天，即使不饮，也是微醉的。花香满园，一枝妖娆。你带来春的消息，带给我似水的柔情，深深的爱恋，醉人的缠绵。你说："要醉我千年，让时间见证你的爱。"我说："爱你一万年，此心永不变。"琴瑟和鸣，绕梁一曲，直唱得风云变色，英雄泪下。胭脂泪，香腮雪，远山眉黛。带着前世的印记，带着今生的思念，心有灵犀，无语默契，嫣然一笑，擦亮了这个春天。高山流水，一曲相知，任性地把爱种满这个春天。想你，念你，爱你……

第六章

仰头，
忽见一枝春

（一）

仰头，一枝花，斜斜挂在墙头。冷艳，寂寞。春色满园，关不住。关不住的满坡桃花，也关不住清风流水。

白音格力说："人读桃花，桃花读人，字里字外，都是明媚。"

雨落山川，烟入云天。读着"二月春风似剪刀"，"春风又绿江南岸"，心里一半明媚，一半落寞。

在江南云水深处，一个人，独行。采一枝桃花，不知送给谁。临街情更怯，只好偷偷地弃在长亭，只等有缘人，看见那一枝曼妙，两眼一亮，欣喜地捧在掌心。

城市的春天，总是没有乡下来得痛快，遮遮掩掩，春意也不浓，四季也不分明，甚是无趣。雨中漫步，看来来往往的车，扬起一片又一片的水花。

许多年没有收到一封信了，想那桃花读信，该是何等浪漫。QQ里，好友每天的问候，让孤独的心也增添了温暖的色彩。远远的思念，总让这个春天的滋味，变得绵远而悠长。等待总是漫长的，带着淡淡的烟雨，甜蜜而凄冷。

剪不断的寂寞，抹不去的闲愁。烟青色等烟雨，我在等你。街头人来人往，烟雨中飘着一把又一把彩色的小伞。春天来了，燕子还没有来，想着，想着，总有点空捞捞的。风月薄凉了眉心，光阴淡去了过往，每一个动人缠绵的故事，总会留下淡淡的痕迹。

小区里的枝丫上，打着许多羞涩的小骨朵，羞答答的惹人爱怜，轻轻地走过去，忍不住用唇轻触那微微颤动的美丽。想念那个隔着千山万水的女子，在烟雨里驻足。低眉，一朵花的风雅；回眸，一滴露的清愁。隔空桃花，更加美丽。

江南的竹篱茅舍，总是湿漉漉的，每一个墙角，似乎都蹲着一卷泛黄的诗词。稍不留神，就抽出了芽，绽出了苞，怯生生，有点羞涩，仿佛一个个小姑娘，豆蔻年华，满满的装的都是心事，那心事不能与人言说，只能说给清风流云听。

（二）

以前日日陪伴的红颜，突然就不见了，人生的缘，真的如行云流水，来去无踪。想起那句："我恨你，一辈子！"心中总是隐隐地疼。我想真正的禅心，不过是心如明镜，事来则住，事去无痕。有缘即住无缘去，一任清风送白云，才是禅者的洒脱。

春天是慵懒的，春风拂面，总是有点或多或少的倦意。在春日里行走，总是不经意与那开花的树撞个满怀，羞怯的，妩媚的，张狂的花，让这个春天带着或浓或淡的醉意。

好想寻一个村庄，在酒旗熏风的竹篱茅舍里，要一壶杏花酒，与喜欢的人拼却一醉。抛却了浮名，只需一壶禅茶，一壶淡酒，一张木头的、竹子的或者干脆是石头小桌，几把简单的竹椅，就可以静听花开的声音。

春雨漫天飞舞，落花也纷纷扬扬，雨落身上，花也落在身上，弥漫着一种淡淡的闲愁。几日不来春便老，昨天还半展半卷，粉粉的苞羞怯地打着骨朵，今日却开得有点妖了。颇喜欢水墨烟渚，回廊曲径，记忆中那古典清新时尚的女子，眸中流动淡淡的清愁。二十四桥明月夜，玉人何处教吹箫？终是无处可寻了，只有春寒料峭，春风摇曳，一个半醉半醒的梦。

情怀如水。那是被春情浸润的水，流着婉转，流着呢喃，流着淡淡的烟云。牵着春的手，抚摸春的小脚丫，把她放在我的心尖上，张开双臂，闭着双眼，感受春的心跳。感受春的美与真，享受春的温柔与缠绵，仿佛一场久远的梦，缥缈又真实，灵动又浪漫。满眼都是热烈，满心都是欢喜，蝶儿翩跹，蜂儿轻舞。风含情，水含笑，无心收拾这种浪漫的情怀，只任一条青石小路，远远伸向云水深处，如一支古老的歌谣，来自遥远的国度。

有鸟鸣自枝头，滴沥而下，湿漉漉的，带着山水的润音。这种天籁，适合隔帘静听，听它的无邪纯正，听它的低眉含羞，如青丝蓓蕾静静悬在枝头，伊人慵懒倚东风。

春意已浓，你在哪里呢？

（三）

春天来了。

爱情来了。

没有爱情的春天，是索然无味的。没有春天的爱情，是让人绝望的。静静倾听你的心跳，聆听你的絮语，那分明是春天的声音，一片花海中一个绝美的灵魂，孤独而充满渴望。你说爱有天意，我说情为前缘；你说一情定三生，我说一爱永轮回。爱很简单，爱了就爱了，春天很简单，来了就来了。

听着《春光美》，读着诗歌《我与春天有个约会》，心中早已春意盎然。一种久违的曼妙，弥漫心间，不觉如痴如醉了。当读至"低眉含笑百媚羞，回眸不觉心已醉"，早已是意乱神迷，懵懂难解了。

今晚，就醉在桃花、杏花、梨花的深处吧，梦里是一帧最美的图画，我就住在画中，与你一起开成一朵花吧。

又是烟花三月，天空下着蒙蒙细雨。中午本想赴一场约会，喝一个下午茶，无奈朋友失约了，信步闲游，虽然百无聊赖，却也是另有一番情趣。本以为春已老去，不料在蒙蒙的烟雨里抬眼望去，满目都是惊喜。这是一片田园，农舍依稀，阡陌纵横，竹林篱笆，远山近水，都在烟雨里朦胧着。流云低低的，仿佛眼里的伤悲，指尖的烟，在天空中漫无目的地飘着。最惊诧的是低处田野里数百株桃树、梨树、李树，树树都是繁花。是一片红的、粉的、白的云吧，应该叫火焰，春雨淋不熄的火焰。我是爱极了这种"火焰"的，爱极了这种春天的盛宴，变得有点小雀跃了，满心满眼都是欢喜。

目不转睛地定定地看着，久久不愿动一动，连呼吸都屏住了。我不知自己是否还有没有呼吸，甚至连心跳都静止了吧？我是真的忘我了，也是真的忘情了，在花海里来来回回地徘徊，真的是不知归路了。也终于是忍不住了，寻了一株开得极艳的桃花，又寻了一枝极粉、极嫩的花采了下来，拈在手中。伸手触摸那轻轻颤动的花，花瓣娇嫩，花蕊灼烈，我的心也跟着颤动，如触碰爱情，如触碰你娇嫩的红唇，靓丽的脸庞。轻点儿，别碰疼了时光！一点烟，一袖云，一缕春光；一抹红，一片绿，一方净土。

好想晕开水墨，为你画一方山水，晕染一片田园，再画上这满山满坡的桃红柳绿。柳树也抽出了嫩枝，如丝如缕，柔媚动人，与桃红梨白，装点着梦一般的春天。这真的是一个梦啊，我心中的梦！一直以为是我的心，创造了这个世界，创造了这个春天，创造了一个你，又创造了一个爱情，然后满心欢喜地沉醉其间，再也不愿醒来。

红墙青瓦，数树繁花，青石板小路上彳亍，仿佛正牵着你的手，打着油纸伞，在雨中，在江南。花，开呀开；你，笑呀笑。而春光正好，爱情正好。

（四）

春雨，淋不熄花的火焰。

春天是率性的，诱惑的，泛滥的，风情万种的。

我爱春的明媚，媚里透着妖娆；也爱春的狂热，狂里分明是极致的静。

在春天里行走，不经意就被撩拨了，花开欢喜，花谢心痛，那痛里分明有楚楚的甜。

早春的天气，乍暖还寒。烟雨蒙蒙的，似有似无，在花的蓓蕾上，更添了几分羞涩。是初懂人事青涩含羞的少女，还是风姿绰约欲扬先抑的少妇？面对春天，我有点怯，怕我的笔把春天写薄了，薄了有点飘；也怕把春天写厚了，厚了有点拙。怎样才能刚刚那个好？三笔两画就勾勒出一个丰韵而不艳情的春天？我想只有饱读诗书的水墨大师，才能达到如此境界——水在墨里，墨在水里，润而不枯，枯而不燥，大笔一挥，就是一个水灵灵的春天，带着色，含着香，流着韵……

你听，鸟儿带着水声的啁啾。

你听，流水带着花音的轻吟。

你听，清风带着草笑的呢喃……

瞧，春是一抹嫣红，春也是一抹嫩绿；春是鹅黄的，春亦是蕊白的。大地清醒，万物复苏，在春面前，我是一个懵懂的孩子，只睁大眼，张着嘴，大口吞吐着春。我要吃掉这个春，如吃爱情。我变得如此贪心的了，恨不能把春含在口里，拥在怀里，融了，化了，只变成我就是春，春就是我。

我爱春天，爱这有点霸道的春。春天的花儿开得可真有点霸道，不管不顾的，一下子就将我淹没。仿佛爱情，霸道中又带着柔媚，缠缠绵绵，如娇似嗔，如愁似恨，剪不断，理还乱。只把这心，搅得怦怦直跳，春心荡漾起来了，草芽儿乱发，花朵儿乱绽，树叶儿乱长。是真的"乱"了，只一个"闹"字可以形容这种情形。

"红杏枝头春意闹"，这就是春天。闹哄哄，软绵绵，热烈烈。

第七章

岁月著花，
墨染胭脂

（一）

闲读诗书，偶遇杜甫"林花著雨胭脂湿，水荇牵风翠带长"之句，风流潇洒，含蓄蕴藉，如遇美女，品奇珍，不觉意乱神迷，恨不能含在口里，抱在怀里。心里早已是阳春二月，开满一树桃花，那花开在烟雨里。

心似莲花不染尘，意如止水静无波。该静时静，该动时动，落笔款款，书两三行文字，寄与桃花。一下子就风传花信，娇红稚绿了，这就是我的风格。心如明镜，只照当下，风流时就是少年，禅坐时就是老僧。

我不做诗人，也不做高僧，只在这诗酒年华里，自在开放。篱落、草径、晚风。曲桥、细波、山门。竹篱小院，一树桃花火一样、粉一样开得艳丽。这是一种高雅，身在红尘，也在红尘外。参禅，参的是一颗心。在尘非尘，在染不染，最艳丽的，就是最寂寞的。我要的就是一颗艳寂的心。

黛瓦粉墙，蓝天白云，一山，一溪，一条通往世外的路。我喜欢躺在白云之上睡觉。一觉睡醒，仿佛桃花就从骨头上长出来了，还带着春日阳光的味道。往事是湿的，那带泪的一朵，是最艳丽的，那是属于爱情的。我喜欢把一朵花，放进嘴里，吃花嚼蕊，看似有点残忍，但很可爱。爱情就是一种自虐，吃花，就是如吃爱情。

帘卷东风，如果有人，我喜欢看卷帘的那双手，一辈子，不能拥有一双柔软的手，我希望摸一摸，哪怕一次也好。感受那种绵软，那种嫩柔。如果无人，我希望是东风，有意无意地撩动那曼妙的帘，也有一种"野渡无人舟自横"

的禅趣。

躺在阳台的椅子上，拿着一本书，余秋雨的，一个字也没看，放在胸前，只为这种书香，这种味道。我不喜欢看书，只喜欢抱书眠。阳光暖暖的，我让自己达到无我，这种状态下，阳光可以透过身子，自由进出。静静睡眠仿佛寂灭。我想我是早已死了的，存在的这个不过是个幻影，幻影更好啊，少了很多牵绊，肉体再也无法囚禁灵魂的了，我是真的自在了。

在梦中聆听花开的声音，聆听长叶的声音，聆听微风柔软的绒毛，阳光轻灵的翅膀，雨滴轻微的颤动，灵魂飞舞的欢笑。静静的，聆听鸟语，聆听花香，聆听大自然优美而忧伤的音乐。

冬天这样短暂，还没来得及看清楚，就要匆匆离去。暖风吹动窗帘，心灵的青菜园，早已是蝶舞莺飞，阳春三月。

（二）

春，包裹着柔柔的花瓣，待走近，玉手轻扬，在空中划了一道浅浅的弧线，暖风来，清香来，醉了身，酥了心，停滞了时间。眼微合,细细听,听到了吗?河里薄冰碎裂的咔嚓声,穴里青蛙慵懒的哈欠声,枯枝里新绿激昂的行军声……

温暖的季节来了,蓬勃的季节来了,葱茏的季节来了。春像仙女下凡,来得这么惊艳;春像顽童掀帘,一下就跳到眼前。昨天还在感慨冬有些长,还在哀叹雪有些少,还在幽怨时间催老了容颜,然而现在,心底水暖暖,花绽绽,风清清,一片欣欣然。又是春了,双手合十,许下心愿一个个,送上祝福一串串。

诗一般的春天,款款临近,听,是谁在低声吟唱春天的赞歌,是苏醒的柳枝,还是报春的燕子?画一般的春天,缓缓铺展,看,是谁在挥毫泼墨把春天勾勒,是暖河里自在的鱼儿,还是碧空中灵动的纸鸢?

绾风梳香,着一袭旗袍,人在春光里旖旎。寂寞的心,总是最细腻的,艳而寂。开成一朵花,做一温暖的人,为有缘的人,捎去一支支桃花的信息。抽芽,打苞,把自己开成一个春天,送给你。一朵朵,一簇簇,薄薄的瓣,细细的蕊,取个名字就叫花蕊吧,只等你来,把我含在口里。

春天最适合作画了，老干孤绝，新花红艳，为你画一枝梅花吧？画一枝桃花也好，只要你喜欢，梅花有雪才高雅，桃花就无所谓了，有点轻浮，有点浪，这些都无所谓，我也爱这些妖娆，青春本来就是用来堕落的，爱情则是堕落到了极致。

（三）

如果春雨能买就好了，我要买一帘春雨，江南的雨，送给北方的朋友，赚取一身柔情，一心痴情的泪。也许你会笑话我吧。我总是这样异想天开，归根到底，我是浪漫的人，至少在心灵上，是个不着边际的人。总有异性朋友来问我的年龄，我回答：忘了。其实记住年龄，是对自己最大的折磨。如果真要问年龄，我非常诚恳的回答你，情商年龄18，智商年龄0岁。"江南无所有，聊赠一枝春"，我将把春送给谁呢？

买一帘春雨，绵绵更风情。一低头，春光暗流转，慢慢打湿，仿佛一个梦，刚刚在烟雨里抽出芽来。光阴从窗下走过，稀疏，散淡，我只要临窗听雨，就好。春天应该是叼着烟的艳寂女子，可有可无的烟，可有可无的雨，可有可无的闲愁。雨中卖花，卖的还是春天。这是一个软软的下午，阳光也有点颓败，我便在这颓败里冒出芽来。

立春刚过，就暖和了。仿佛突然推开一扇厚重的门，满眼都是素白、嫩红，俏丽丽的一院子春。这心境，也恰恰好，很静，如素白的纸，可以描画这繁复的季节，春花烂漫，再繁复，也是干净的。这就是禅境吧？

"有没有那么一天，你与我，并肩享受着同一片天。丝丝雨，轻扣着伞面；声声笑，满载着爱恋。心雀跃，脚下水花溅；眼含情，撩着湿发尖。青石小巷，渐行渐远，消失在云之边。"品读自己空间这一段说说，仿佛自己就穿越了时空，与一个人，牵着手，张扬、奢侈地挥洒青春，这就是春天吧，有的是时间，有的是梦想。

闻到春的花香了，还有青草的气息，泥土的腥味，我要立即行动，把自己种在春天里。生根，抽芽，拔节，生长，开成一树繁花，一首诗，艳艳的，冷冷的。娉婷着，不为谁，只为这个春天。

第八章

花空灵，
雨落寞，月缠绵

（一）

一朵花，一个姑娘，一条长长的小巷，几滴冷冷的雨。这是泪做的江南，结着一痕愁怨的伤。幽窗，深院，帘枕半卷。雨打湿了心房，有点淡淡的愁。

有风路过，卷走了春，带走了夏，吹落了秋，蓦然已是深冬了，这个冬日有点冷，有点寂寞，淡淡的，蒙蒙的，如烟似雾，有点惆怅。

街道漫长而清冷，光秃秃的大树泛着亮亮冷冷的光。水灵灵的大路，水灵灵的空气，水灵灵的路灯，一切都湿漉漉的。冬日的清晨是寂寞的，雨也是清冷的，说不出的寂寥，说不出的落寞。

天虽然冷，我却喜欢寻找温暖，每日都要经过几座瓦房，一片竹林，到街角转弯处去看菊花。我喜欢这单一的风景，简约，单纯，很符合我此时的心境，喜欢这种惊艳与孤独。

故乡远了，乡愁远了，朋友远了，喧嚣远了，我要做一个孤独的人，静静活在自己的世界，不惊不扰，独自芳华。或许是每天与太多的人周旋，厌倦了，沉静了，渴望一种简单与唯一，渴望一种宁静与纯粹。与一朵花对视，与一片叶对坐，两两相望，百看不厌，纯真、美丽地慢慢变老。

有一颗草木一般闲静的心，不管风雨还是晴朗，都静守一片寂静。不道回首隔岸烟火浓，也不说人生多少转身即天涯。

烟雨弥漫，有点微微的凉。在街道上慢慢行走，任雨打湿心房。菊在雨怀中，雨在菊心里，雨冰冷，菊绚丽，有一种淡淡的温暖，也有一种情愫弥漫。

这些花，开在岁月的枝头，无欲无求，仅仅是一种生命的美丽。除了生命与美丽，也许我们并不需要太多。淡淡地写一笔岁月，静静地寻找灵魂的归宿，无须打捞，也无须记忆，就这样澄澈、空灵。

"林花着雨胭脂湿，水荇牵风翠带长。"虽然是冬深了，可满目都是青翠，处处都是繁花，除了一点清冷，看不见一丁点萧冷的况味。满街的菊与月季、一串红、蝴蝶花，还有青翠欲滴的叶子，让我总是忘了季节。四季是真的如此不分明了，我也模糊了自己的界限，是男是女？婴儿、幼儿、儿童、少年、青年，抑或中年？有些事不必分得太清楚，朦胧着，反而觉得更美。

我真是一朵空灵的花吗？在季节里禅坐，忘记了一切？我想，人生就应该像花一样自在开放，心有阳光，看淡风雨，学会在回眸间深情微笑，珍惜每一个擦肩的缘分。

(二)

独立寒烟，以一朵花的姿态站立，高雅而淡泊。经过岁月的沉淀，渐渐变得醇厚，有了风骨。世界上有没有一种花，风骨、风情、风韵，风骚兼备，仿佛女人中的绝品？

与花做恋人，与草木为知己，简单才是最快乐的。岁月曲径通幽，灵魂开满鲜花，伴着书香，轻嗅幸福的芬芳。青石板路，一直通往唐诗宋词的深处，与书交谈，与己独处。依窗，听雨，等雪。

听风起雨落，露入竹林。孩子一般。有一颗真挚的心，有一双好奇的眼。沉静内敛，不言寂寞。花开莫问，花落莫悲，依着阳光前行，与日月对酌，与光阴谈禅，删繁就简，静修一颗菩提禅心。

雨冷冷的，河清清的，笼着烟霭，有着淡淡的寂寞。沿着小路徐行，感觉有点空旷，也有点小小的清新。颇喜欢水边的小屋，可以傍水依山，自在闲居。

《诗经》里的爱情，也多半发生在水边，"兼葭苍苍，白露茫茫，有位佳人，在水一方。"隔着水，两两相望，梦牵魂绕，把缠绵写成诗篇。

雨纷纷扬扬，下了一个世纪，又一个世纪，仿佛一种情，隔着山，隔着水，带着前世的印记，忧伤了时空，也潮湿了心。世上往往是一朵花开的距离，我开你未开，你开我已谢，多少红颜成过客；人生往往是一壶闲茶的时间，我来你没来，你来我已去，多少沧海变桑田。

世界上最潇洒的，应该是禅者，枕白云，卧青石，无忧无虑，一觉睡到天大亮。世上最痴情的，应该是诗人，在诗词曲赋里，吟诵着千古风月，爱也悠悠，恨也绵绵，梦里花落知多少？谁可解花语？

我是禅者，也是诗人，究竟是哪种身份，自己也分不清。也许是情缘太重，解脱也分外艰难，只有在这水云间，相思地，觅一份清静，吟着风，弄着月，把自己弄成一首诗，半阕词，一颗禅心。

慢慢行走，一直无语，好想就这样静静的，一直走下去，在这没有起点，也没有终点的路上。

说是阴雨，忽而晴日。一轮落日在细雨中洒下余晖，天空一半云霞，一半阴霾。东坡诗云："东边日出西边雨，道是无情却有情。"人世间，唯有情字难解，这色彩绚烂的天空，也是这样变幻不定。

（三）

看着自己空间的说说，也不禁为自己的多情所动。

残荷夜露煮粥，金丝阳光缝被，玉石珍珠串风铃，白云暖风传心情。念你，你可知；想你，你可知；等你，你可知。我站在天涯的这头远望，我泊在海角的这头远航。望不到心系的那朵云，怎不让人惆怅；航不到心系的那座岛，怎不让人忧伤。鸟儿啊，你是否可以捎些她的消息给我；鱼儿啊，你是否可以邮寄些祝福给她。

我手捧水灵的花朵，在流星下等你；我身穿洁净的衣衫，在小院里等你；我跪拜在紫雾萦绕的佛堂，在梵音中等你，在祈祷中等你。等你归来，给我熟悉的甜甜一笑。

为你封心所爱，洗尽铅华，情愿孤独。记得最后张爱玲对胡兰成说："我终是不爱了的。"可那是曾经沧海难为水，除却巫山不是云的心疼，是啊，真的只有心疼了的。把一个人从心里赶出去，犹如从心脏里拔掉一颗钉子，那种疼痛，不是撕心裂肺可以形容。一个人从此就如行尸走肉，失去了灵魂，整个儿都空掉了的！

有的人与你相聚的缘虽然短暂，可那人却是你的灵魂。她走了，你就不复存在了，存在的仅仅只是躯壳而已。如林黛玉之于贾宝玉，荷西之于三毛，唐婉之于陆游，消殒的哪里仅仅只是一个知心爱人呢？

人说："蝴蝶渡不过沧海，佛也度不了无缘的人。"人在这个世界里，总是纠缠于爱恨情愁。爱文字的男女，更是天生一种痴情，要度自己，定是难上加难的。佛说人必须淡然心性才能平和安宁，与镜花水月从容作别，才能获得自在解脱。可我从佛那里打了一转，又沉迷在尘世的烟火中了。红尘即净土，净土即红尘，姹紫嫣红原来就是佛前的莲花一朵，莲花一朵也能幻化出尘世的万紫千红。红尘，净土，何必要分得那样清楚呢？

又是月明星稀，夜色阑珊，静坐屋中，茶为伴，字为友，茶润喉，字写心，守着这份宁静与简单，甚好。雪小禅说："喜欢文字的人，大抵是命数。难以逃脱文字的纠缠。"

那些柔软、慈悲、纠结、疼痛、缠绕……那些与生俱来的要命的情，如影随形，终生不肯放过你，只要你还活着，它们像青苔，像菌，随时、随地，四处蔓延。

你说："愿做一片湿地，让字句的青苔铺展开来，葱茏繁茂而低调内敛；愿做清水荷塘，让菌类在小池中繁衍生息，和谐共生而其乐融融。墨海是一方净土，字为桨，文为帆，心为船；书乡是一方圣土，画为屋，诗为床，云为枕。"

江南是诗韵里的江南，山水是唐宋时的山水。我们只不过是一群故人，在诗里游走，在文里缠绵。

打开一卷卷诗书，与一个个灵魂对话，或艳丽，或孤绝，或凄婉，或妖媚……

古今多少钟情的男子？古今多少痴情的女子？

都在我的心头一起聚拢来，演绎前世今生的悲欢离合。一样的小桥流水，一样的山冈明月，搁浅了岁月，瘦尽了云烟，凋零了残红，飘摇了思念。今夜风月无边，你是否会入我梦来？从诗经里走来，从唐风宋韵里，从红楼梦里，款款的，你走来，以一朵花的空灵，一滴细雨的落寞，一轮明月的缠绵。

第九章

杏花疏雨，
醉梦江南

（一）

杏花，春雨，江南。

儿童，小巷，卖杏花。

天天在江南小巷里待着，却含糊了什么叫江南。江南，
也许是诗里面的一个意境优美的词吧，也或许是文人心里一
个温柔的梦吧。有时在唐诗宋词的意境里，有时在《红楼

梦》的潇湘竹林里。

杏花开了桃花开，桃花开时梨花开。有什么样一种浓烈，可以这样奋不顾身，可以在这样的蒙蒙烟雨里，演绎一场又一场私奔似的花事。

义无反顾，这是人世间，很多人达不到的境界。江南的花，却把这些诗篇，写满了街头小巷，田间地头，随意挥洒，皆是文章。

那是怎样一种绽放？"毛茸茸的，突然就湿漉漉的，突然就怦怦乱跳了……"。杏花春雨的江南，就是少女萌动的心，刹那就春意朦胧了，羞涩了，晕红了，长出蓓蕾了。这一切，是那么突然，突然得让你来不及喘息，就被那含情的眼，湿漉漉的目光，酒窝荡漾的春意，遮天盖地地扑过来，窒息了，心动了，晕眩了，迷乱了……

"小楼昨夜听风雨，小巷明朝卖杏花。"古人也真是浪漫，杏花也有人买。好想采摘几枝，拿到小巷上去卖，只卖予有缘人。谁会一见倾心呢？谁会笑我太痴狂呢？想那清华园里的美学大师朱光潜，每天拿着玫瑰，呆呆地送给妙龄少女们，是否与我一样，有一颗浪漫的心。

杏花、桃花、梨花，白的如雪，粉的似霞。一片片，一团团，一簇簇，一朵朵，一瓣瓣……人在花中，人亦是一朵花，花懂人心，人亦解花语。

（二）

眼是水波横，眉是山峰聚。女子的眉眼，最有江南的神韵。江南的烟雨，青黛的远山，碧波荡漾的水，最是与美女的眉眼契合。山水亦是眉眼啊，眉眼亦如山水。人在山水里，仿佛就游走美女的眉间心上，黛秀，清远，朦胧，多情。

雪小禅说："人恍恍惚惚的，什么都干不下去，只觉得心里长了什么似的，这'什么'又诱着人，坐在花树下，坐久意未厌。一个人，也可以就着这连绵的杏花，吹个玉笛到天明。"

如果弄一管箫，与玉笛一块儿吹奏，一唱一和，再有一张古筝，与这落花流水应和着，自是别有一番风韵。

烟雨蒙蒙，情也蒙蒙，飞花如梦，人也如梦。

一觉睡去，就睡在花里了；一觉醒来，又醒在花里了。

心，都是桃红，粉色，洁白的了，早已辨不出，自己究竟是花还是人了。空气里弥漫的，全是那粉色的诱惑，一壶酒，喝到薄醉；一壶茶，品到微甜。原来空无一物，就是万紫千红开遍。柳丝就是发丝啊，飞花就是离人啊，烟雨就是情泪啊，山水就是情人的眉眼啊……往哪里去呢？到处都是情人的眉眼，到处都是相思的烟雨，到处都是怦怦乱跳的花心。在春天行走，不过是从这一簇繁花走到那一丛繁花罢了。在花与花之间行走，在花与花之间迷醉，那心，早已是无处不飞花了，唐诗宋韵里，开满了红尘所有的花朵。

柳绿，桃红，杏白，梨花带泪。微风细雨斜燕子，浅草暖阳归行人。瞧，绿都绿成了海，那花开得呀，也成了海。老僧坐禅般，到了最高境界——空，即是色。一切都有了韵致，一切都流动起来了。春暖花开，大地的每个毛孔都开满了花，长满了绿，我们能逃到何处呢？

既然无处可逃，不如闭目禅坐花树之下，不思不想，任花儿飞满头顶，花香沁入心肺，流进血管，融进骨髓，冷冷的，身子也散发出淡淡的冷香。暗香浮动，心，若有若无。情，若即若离。不如繁华尽处，寻一处无人山谷，建一木制小屋，铺一青石小路，种上满院子的桃红柳绿，杏白菊黄，与相爱的人也好，独自一人也罢，尽享世外桃源的清逸。

（三）

黄昏，烟雨，斜檐。翻开诗卷，勾起一纸江南。那是怎样一个江南呢？黛瓦白墙，小桥流水，青石雨巷，蒙蒙的烟雨深处，与你撑一小舟，在江南里慢摇。寻梦，寻梦，寻一个灵魂深处浪漫的梦。颇喜欢那一句诗："江南无所有，聊赠一枝春。"原来，这春也是可以寄的，采一枝，入画，入诗，入禅，入心，入梦，寄给远方的你。

花，是急性子的，你争我夺，急匆匆的，赶趟儿似的，赴一场花事的盛宴。看啊，三两天毛毛雨过后，千枝万枝，千山万山，千园万园，千里万里，都抽出毛茸茸的嫩芽，孕育羞怯怯的豆蔻。一声号令似的，都绽放开来，簇拥着，争着，夺着，有点慌乱，有点草率，有点冲动，有点情不知所以。这就是青春，这就是爱情，懵懂的，茫然的，怦怦乱跳的。

黄永玉说，"杏花开了，下点毛毛雨，白天晚上，远近都是杜鹃叫，哪都不想去了……我总想邀一些好朋友远远地来看杏花，听杜鹃叫。"懒懒的，坐、躺都在春天里，哪里都不想去了，这就是禅境。一个"懒"字，写尽了人世间的风流。

慵懒地，斜倚轩窗，看那一枝红杏，也懒懒地伸出墙外，妖娆，妩媚，撩拨院外那来往的风。呆呆地，对着那些花，茶不思，饭不想，心随花开，心随花谢，不知相思为了谁？也许就为这无边无际的春意吧。

（四）

春天，是恋爱的季节。在春天，恋爱的成功率是其它季节的 N 倍。万物复苏，春情萌动，谁能违背自然的规律？看！连空气都是粉色的了，流淌着，暧昧着；云烟都是缠绵的了，朦胧着，缥缈着。

"折取一枝城里去，教人知道是春深。"花与云相接，地上落满花朵，水里流淌着花瓣，云里沾染着花气，即使轻轻哈一口气，也惊落花几朵，催开花几重，惊飞狂蜂浪蝶无数。心痒痒了吗？少女怀春，男儿钟情，都在这繁花似锦的季节里，动了心，生了情，把春天装在心里，让春意荡漾起来。

此时，情思浮动，暗暗生出一种想法，就想找个人，同看这春色。闲闲的，淡淡的，没有黛玉葬花的悲伤，只有心有灵犀一点通的欣喜。仰头，一片花云飘入眼帘，宛如一个梦，一个幻想，醉在这伟大的幻想里，永远也不愿醒来；低头，一片花雾碰上脸庞，碰一鼻子香气，两张脸，两颗心，隔着花的距离，不远不近，听得见彼此心跳的声音。也许，并不需要听见，需要的仅仅是一种感觉。

走在路上，听到一片惊叹：前几日还春寒料峭，冷雨里，千万羞涩的蓓蕾，才有几个朦胧地睁开眼，咋一夜间，就姹紫嫣红了呢？大街小巷，田间地头，院里院外……漫山遍野，怎么就星火燎原了呢？除了惊讶，还有什么呢？只有惊喜地睁大两只眼睛，呆呆地，痴痴地，对着这一树树崭新的花，一夜之间突然长出来的诱惑，除了张大嘴巴，还能说些什么呢？

其实也不知道该说什么，只是这样惊喜着，轻轻走在江南的雨巷，石板小路，绵远而悠长。在江南的雨韵里，在湿潆潆的花香里，在烟雨蒙蒙的春影里，浓烈得过火，炽烈得灼人。这是怎样一种春色啊！少女般多情，少妇般炽热，灼烧着，妖艳着，直把媚眼撩你的心，直把香艳的胴体，若隐若现地，暴露在你面前。酥胸丰乳肥臀修长的腿，摆着各种姿势，撩拨着你，诱惑着你。直到你鲜血沸腾，身上的血管里炽热的岩浆涌动，如不在田野里奔跑一下，定会烧成灰烬。

跑到花中间，面对一起涌过来的花，把最美的一切呈现在你面前，这时，你俨然就是一个皇上，后宫佳丽三千，都只爱你一个人。前赴后涌，齐刷刷跑过来，邀宠，献媚，万般殷情，万种风情，只为醉你一人。这是怎样一种排场？怎样一种气势？怎样一种声势浩大的盛宴？你便狂蜂浪蝶般，在花海里飞来飞去，忘记了自己，忘记了料峭的春寒，和绵绵的烟雨带来的不快，只想在这花海里，一醉万年，再不要醒来。其实，你还花心得可以。

独爱一朵花，守着一朵花，只为一朵花醉，为一朵花心碎，生死相随，无疑是惊天动地，催人泪下的。但大可没那种必要，为了一朵花，失去整个春天，甚是可惜。一切就随缘吧，花来，我迎；花去，我送。迎来送往，就是一个春天，莫把这春光辜负。拥抱这个春天，红的赞叹，粉的惊艳，与自然来一场盛大绵长的恋爱。可怎么是个头呢？没完没了，纠缠着，缠绵着，不舍着，心里全是你啊，眼里都是你啊，想的，念的，就是你呀，一阵子，一辈子。就这样醉了，醉在江南春天的花海里，不知归路。

（五）

这就是镜花水月吗？这就是开在心里的花，开在梦里的花么。我想，如果人生是一场梦，这个梦境也是太美了。所有的花，都是蝶前世的情人；所有的蝶，都是花前世的爱人。一起聚拢来，只为赴一场美丽的约会。看啊，蝶为花舞，花为蝶醉，缤纷的花雨，痴情的蝶语，尽情地开着，尽情地舞着。

远山如黛，湖水如镜，微风拂柳，长堤，曲径，春天的寂寞也如芳草，更行更远还生。

雪小禅说："这不是早春，不是暮春。是一年之中最慌乱的季节，都舍不得过每一秒了，那杜鹃叫的人心里慌着呢，连普洱都喝不下去了，急急的穿了薄衫扑到春里，春把白衣全染了粉，艳得了不得。还不够，浓烈到最后，是把自己也化成了这花朵，把花魂收了，放于心里面的最里面，在深秋或寒冬里，一个人想念。"

来生，化成江南的一朵花，你会来吗？会化成一只美丽的蝶吗？在我最美的时候，共一场浪漫之约。

江南春已深。撑一叶小舟，去春的深处，到那无人可到之处，在江南的心脏里，筑一个巢，盖一个花坞。除了桃红梨白，多少不知名的花儿也在深深的庭院里，在淡淡的水声里，妖冶地开。你就是我的妖，我就是你的奴，闲看微风吹斜了花儿的腰，残红唾脏了蝶儿的脸。"小小毛毛雨下得没完没了，泪湿春风，花妖无语。我也无语。"这是怎样一种美呢？美到无语，美到蚀骨，美到清泪几许，美得成了妖。

江南的春，多少带点野性。荒山野岭，无人之处，远远望去，粉的红的紫的花，居然如燃起一片火，一片霞，烧了半边天空，直烧得天空变了颜色。也有偏爱僻静的花，三两枝，冷冷的，在绿的深处探出头来，冷艳，不求名。

邀二三知己，喝酒赏花，酒要半醉，花要半开，月要半圆，人要在半空半色之间。人生难得一个"醺"字。留一抹醉意，留一抹春色，在蠢蠢欲动里，看雨打梨花，桃之夭夭，红杏出墙。

第十章

时光，
不及你的眉眼长

（一）

收藏爱，绣出一朵春天。

在烟花三月里，刺绣。红尘往事，扑朔迷离，你是我的胭脂泪，我是你的白月光，眉带烟，唇沾露，绵绵幽怨，黯然神伤，一痕清远。千卷万卷，你是最艳的那笔，楚楚动人，深情款款，回眸，半轮明月，勾去了春天的魂。

宿命相约，在春天里，总有着最深沉的寂寞。眉眼深处，陌上花开，慢揾清泪，一抹鹅黄翠绿，缥缈云烟里。

当爱燃尽，胭脂成灰，把这些灰尘，撒进山水，就会长出美丽的诗篇。春天，总是有点孤傲的吧。我喜欢奢侈的寂寞，这种寂寞，清凉，艳丽，瘦而清绝。

春天，总是美得惊心动魄，美得让人窒息，甚至窘迫。美铺天盖地，爱曼妙张扬，这是怎样一种大气势呢？狂热了，燃烧了，烈烈地灼人。

曲径通幽处，淡而出尘。禅的深处，一朵莲花，慈悲自在。每一个人，都有一个灵魂的原乡，一笑一尘缘，一念一清净，心似莲花开。踏落花，坠暗香，静弹箜篌，遗世独立。

质朴的小径，清冷的小院，一张禅床，一地经书。听风，听雨，听月光。在时光里打盹，独自依窗，不说一句。花闲，人倦，怡然安静，光阴深处，轻把梅花嗅。

人世的离别，是为了再次相逢。所有的忧伤与落寞，是为了下次相逢的欢愉与激情。所有的忧伤是鲜活的，所有的落寞，也是活色生香的。春天，不过是个媒介，那时节枝头旖旎的，依然是我们的心跳，千年，万年，都不会老。

远山，烟树，村落，数声蛙鸣。慢慢行走在春的深处，任细雨打湿衣裳。我喜欢这种清幽，极静里可以极动，春天，就是一坛老酒，细酌慢饮，不醉不归。

醉了，醉了！醉在眉眼深处。

好想在春天，找个人私奔。在大山深处，修筑6000级，直达幸福彼岸的天梯。一饭一粥，枕着月眠。孤独，泛滥成灾，待到春烟散尽，慢看时光烙伤的痕迹，最深的伤口，总是开满最繁盛的花朵。

浅念，深藏。竹篱茅舍，粗茶淡饭，一盏青灯，月下促膝，红袖添香，细品慢爱。

凝眸，最深情的眼睛，最柔软的情怀，那种种柔软，带着落花的残红，烙印在心灵深处，总也无法拭去。

一个转身，一半风雅，一半烟火。人生是一场没有终点的等待，总在烟火里书写爱的神话，边走边爱，100度的爱情，1000度的相思。一低头的温柔，落下一地青花，烟青色等烟雨，我在等你，在深情的庄严里，了悟爱的真谛。

无边的思念，覆盖夜的孤单。我温暖了你的岁月，你温润了我的诗行，我本是一阵自由的风，却在你的眼底沉沦，无须懂太多，只这样静对一窗风月，静静的，就好……

（二）

四月的芳菲，尽收眼底。开成一朵幽兰，娉婷袅娜，挂着些许动人的故事。花间的蜂蝶，总如行色匆匆的追风少年，梨花似雪，纯净，明艳，总把一个闲字，写得丰盈而生动。

春天，是喜欢偷欢的。每场花事，都仿佛一个约定，前生预约了的，你不来，我不敢离去。只这样静静等，等风，等雨，等一场静默嫣然，一场极致的绚烂。

倚窗听雨说：好想，在春天，有一场私奔。我真恨不得马上就私奔了，逃到花朵里，逃到春的骨子里，建一个巢，来一场美丽的艳遇。

春无处不在。想逃，也是无处可逃的。只在这烟雨绵绵里，看旖旎花，菩提雨，在岁月的葱茏里，寻一枝嫩绿，有苞，有芽，有几许诗意。泛滥，或许只有"泛滥"这个词，才能形容春天，春天是爱情泛滥的季节。

青鸟殷情为探看。那嫩绿是一只只眼睛，总想偷窥一些私情。清风细雨，花香满径，心事也有点细柔，绵软，不经意间，总会滴下一些水来。

春天，如少女的肌肤，一捏就一把水。水流出来，天下男人的心，都潮了。扔一把种子进去，说不定会长出无数个咿咿呀呀的春天。

突然花开。又突然落英缤纷。落花与落花的缝隙里，长满了山水。从这一首诗，到下一首诗，总是簇拥着千男万男，千女万女。有人说，在春天，随便扔下一朵花，就会砸到几个诗人的头。

窗外风景，街上行人。璀璨的烟火，隐隐旧梦。人生总有诸多遗憾，我们总是走不出自己的内心，荒芜的城，老去的故事，花开惊艳，花落寂然。铿锵的岁月，总想以傲然的姿态，面对生死，面对永恒的孤独。

参不破生命的玄机，不如就这样静坐，静观天地辽阔，烟水苍茫，一壶茶，半壶酒，独自买醉。

手心的诗囊，装不下《诗经》里的桃花，更装不下唐诗宋词，只任那缤纷的落红，乱哄哄地飘，一半随了流水，一半沾了污泥。还是让心，做一个香冢吧，埋葬所有的桃花。

我想爱情是一把双刃剑，一面带着蜜，一面滴着血，从心窝里拔出来，那伤口里，也会流出大朵大朵的桃花。

阳光，姗姗来迟。在天地间涂上一抹诗意。眉间烟雨，陌上花开，总有一些绝美的华章，没有人阅读，就被雨泡湿了。很多人，来不及爱，就不见了。

悲凉如水，寂寞如丝。星星不会在黑夜里迷路，阳光不会在风雨里凄惶。始终相信，把受伤的心包裹，把真善美播种，依然会收获爱的芬芳。

有人说，越美好的越要有疏离感，不可太近，近了会被灼伤。太过耀眼的东西，总是美得束手无策，开得收刹不住。惊天动地的绚烂过后，就是无法收拾的心碎。那碎了一地的阑珊，原是拼命燃烧的妖娆。

磅礴的开始，凄凉的结局。生命的花朵，越是大红大紫，越接近委顿与凋零。以一根烟的姿态堕落，苍凉过后，还是苍凉……

淡泊，洒脱，天马行空。不刻薄，不说是非，淡然处之，泰然自若。我行走于这个春天，寻找自由的理由。

春天气场强大，大气势，漫山遍野，满园子，都是花，都是生机勃勃的绿，张扬狂妄，一如青春。

太过张扬的繁华，紧接着就是一场盛大的零落。用一颗淡定的心，镇住这极致的奢华。生命的从容，更显露出雍容华贵，暴雨过后，洗净绚丽之色、富贵之气，天地山水总是更加青翠欲滴。

雨点，稀疏洒落。今夜，似乎有雨。雨疏风骤过后，是否还会海棠依旧？

青春百舸争流，中年千帆过尽，往事水天一色，财色过眼烟云。心如大雨洗过的天空，澄澈明净。温馨的彼岸，一剪河堤翠柳，依然记得那山坡明月，天空飞鸟，山中的野百合，还有那裁剪云朵，放飞心事的曼妙情怀。

走过陶源东路，峰峦林涛，天与地，云与雨，浑然一体。你说你明媚依旧，心中依然有一米阳光。你还仍然在乎着我，静赏着我的文字，听从心灵的声音，寻找春天的方向。

天空与爱情，抽象得，仿佛一幅毕加索的画。纯净的本性，透亮的本质，仿佛闻到了花香，闻到了体香，感受到你的温柔与热烈。浪漫的花蕊，浪漫的爱情，浪漫的春天。

你说，这个春天，花香弥漫，热情浪漫，情深义重，我心君懂。在春天堕落，颓靡中多少也带有醉人的味道。阳光在惊艳里坍塌，凝望，满地落寞。

静听燕子呢喃，看它们双双舞动生命的优雅，我喜欢那种置身尘外的空灵，烟火不侵，唯美灵动。春的风情，只适合播种，静静在心里种满落红，有一种伤春的味道。

把此生的约定，根植于心中，每一个承诺，每一次遇见，都是值得珍藏的风景。心生怜爱，更多几分沉醉。在属于自己的风景里感动、沉寂，携一缕馨香，漫天飞舞……

第十一章

乱红，
落在春天里的伤

　　花褪残红青杏小。燕子飞时，绿水人家绕。枝上柳绵吹

又少，天涯何处无芳草。

　　墙里秋千墙外道。墙外行人，墙里佳人笑。笑渐不闻声

渐悄，多情却被无情恼。

——苏轼《蝶恋花·春景》

（一）

晚上读好友慧如风诗："最是青盟晓隐中，深深浅意默朦胧。不期花下微微祝，对月云阶藏落红。"意境朦胧，情思缱绻，音韵和谐，颇得婉约词神韵，甚喜，不由醉倒。于是点赞，鼓掌。她问我："知道这诗的意思？"我答一字："藏。"她说："这是写给一个人的诗，若对方读懂，不失为一知己。"超然物外，清风明月，空灵澄澈，蕙质兰心，不知对方是谁，能与她成为知己，定是世外高人。

问世上谁为知己？说与风与月。不远不近，不离不弃，不惊不扰，默默相知，静静相守。不期花下醉，只盼枕月眠，花月两相照，只有云知道。青盟晓隐深浅情，默默无语意朦胧，落红不是无情物，春雨春风恁缠绵。

观其配图，一房，一院，一香炉，一佳人，一侍婢，院墙之外，一书生登高而望，深情凝视。不由想起苏轼《蝶恋花·春景》词，于是，便留言："墙里秋千墙外道。墙外行人，墙里佳人笑。"掐头去尾，晓她如此聪慧，博古通今，必会明了。

其实网络，因才情而倾慕，不过如她所说："不远不近，友谊方能四季青。"太近，易伤；太远，易散。唯有明月照花枝情意两朦胧，清风送白云淡然亦缱绻，更具有美感。

（二）

"花褪残红青杏小。燕子飞时，绿水人家绕。"读东坡此句，总有淡淡的情愁，淡淡的怅惘，仿佛读《少年维特的烦恼》，那莫名的忧郁，怎么也挥之不去。美女绿珠诗云："还君明珠双泪垂，恨不相逢未嫁时。"情僧苏曼殊说："还卿一钵无情泪，恨不相逢未剃时。"花褪残红，青杏满枝，春色已晚，柳絮飘飘。白落梅文说："人生总是恨晚，再早也是晚。"

春天微雨黄昏，燕子斜飞，诉说着爱的呢喃。我想敞开心怀，打开胸中日月，为你寄一缕春风。都道知音难觅，触目横斜千万朵，赏心只有两三枝。

只愿这样独自清欢，一个老院子，一盏孤灯，一卷书香，几树花影，几点月色，几章老掉了的诗句。烟火顿消，闲来无事，空旷处，看近山远水，听鸟语虫鸣，观往事入斜阳。

人生的路，最终要一个人走。一个人的清欢，一个人的寂寞，一个人的山河岁月。青山不墨千年画，流水无弦万古琴，淡墨清远，行亦清远，鸟鱼为友，归隐田园，才是豁达人生。

喜欢这样的意境：柴门南山旁，推窗云归来，清流入心，花也入心。明月长做客，山水入画图，红颜伴花老。一个人，种花，写字，烹茶，作画，书也不需读，倦了，枕着书眠，就好。

只想云山里一座房子，房前几丛野花，有老柳，有虫鸣，有无边的芳草，推门，无路可走，掉进画里。

（三）

"黄昏，一岸，谁与牧童正归来……"这是怎样一种场景？春天的花儿，从墙角开到墙壁，再从墙壁开满屋顶，花香淡淡的，若有若无，人也淡淡的，可有可无。路人经过，不言不语，相视一笑。那花也不一定要知道名字，只统称为花，就行。

东风拂柳，飞絮落花。草是无边的，只有青绿，春风也是无边的，唤醒满树繁花依次开。那花，开也开不尽，只看一眼，就满心满眼都是欢喜的。夜静静的，有蛙鼓在池塘里，奏着天籁。天黑了，心却不会黑，因为心里有明月，即使闭上眼，也是明亮的。

心里自有田园。即使行于喧哗的闹市，心底也有潺潺的溪流，白云缠绕的深山……"明月松间照，清泉石上流"，这种静谧，仿佛一伸手，就可以握一把清风，掬一捧水声。

只想住在白云深处，低头就见青岚。凝目，弦月当空，满眼都是星辰，都是蓝，都是静。清风在身体里，透过来，透过去，我仿佛也不存在了……只有星空，只有蓝，只有静……

(四)

在春日一个性感的午后，闲步于山水深处。心有莲花，骨有幽兰，肌肤有桃花，行于世上，我只是一个清风客。颇喜欢一个词语：暂寄。我们每个人，不都是暂寄吗？

人生，即是暂寄也是暂借，借了就要归还。借清风，借明月，借一江山水，借一个春天。渴了借一瓶泉水，饥了借几个野果，累了借一方山石，寂寞了借一颗爱你的心。云来看云，花开看花，随性自在，任意东西。

山水寂然。最初的山水，在心里，静静的，没有尘埃。经过一座庭院，蓦然发现，是一所小学。隐藏在绿树繁花里，青瓦，白墙，小朋友们三三两两，自由玩耍。数十年前，我是知道这个名字的，我少年时的红颜，曾在这里呆过，她父母现在这里任教。

院子很深，走进去，甚是幽寂，青砖黑瓦的平房，两两对称。一院子花瀑，从房顶泻下来，洁白，芬芳，细细碎碎，心一下子就亮了，甚是欣喜。凑过去，摘了一束，凑在鼻子上嗅，沁人心脾。一眼瞥见几个小孩子蹲在地上，忘我地玩耍，衣服上也沾满尘土。我走过去打听："小朋友，这花叫什么名字？"

孩子们觉得我并不陌生，摇摇头，瞪大可爱的眼睛，说："我们也不知道，我们老师知道，问我们老师去！"好多年不见这样清静的校园，还有更为天真寂寞的孩子，独自坐在倒下的大树上看书。我终是不忍扰了这里的清静，静静地来，静静的去了。

院外，是青山绿水，果园稻田，农舍也都隐藏在绿荫深处，沿着一条条幽僻的小径，一路寻幽，直到繁花深处。

（五）

"墙里秋千墙外道。墙外行人，墙里佳人笑。笑渐不闻声渐悄，多情却被无情恼。"东坡是多情的，我想春天里的每个人都是多情的。这样美丽的季节，不多情也真是怪事呢！

高墙，深院，佳人，行人。每个人的心里，不是都有一座深院吗？隔着篱笆，隔着高墙，住着一个人，身边流淌的，是寂寞的岁月。那岁月里有日月，有山水，有花开花落，亦住着自己不愿忘记和想忘也忘不掉的人。

记得有一篇文章的标题是："不扰，是我最后的温柔。"过去了的，就永远过去了。住在心里的那个人，永远是初次相见时的那个样子，隔再久，也不会变。

风过竹林，只有青。旱地里种满果树，绿色的橘子树开满白色的花，橘子花的香味，分外甜，浓郁。桃子的花早已谢了，结满了大拇指大小的桃子。苦楝树倒是一树繁花，紫色的小花，层层堆积，只一个"盛"可以形容。闲坐田埂上，手里抚摸一地的青绿，只有在这样的地方，灵魂才真正地安静。聆听，一山鸟语，感觉自己与大地融合了，我也是一根草，青绿而可爱。

想念，有时候就是一个人的事。年少的闲愁，仅仅是与诗书有染。眼里芳菲，心底长芽，芽里含着苞，吐着蕊，总有那么一个春天，永远住在心里。

当年漫不经心地错过，却是一辈子的心疼。墙外行人，墙里佳人，佳人何处？只有笑颜，只有明眸，只有温馨的回忆……

有的人住在心里，原来真的不会老。我还是少年，你还是少女，无情的我，多情的你，留给岁月的，依然是最美好的画面。

原来刹那，真的是可以永恒的。

第十一章 乱红，落在春天里的伤

第十二章

爱到荼蘼，
安然向暖

　　遇见你，是我今生最美的缘。爱情是一种宿命，今生来

到这个世界，只为在老去的渡口，等某个归人，看日落

烟霞。

（一）

　　这世界没有什么真理，我想唯一的真理，就是爱你吧。

爱，没有理由。只是前世的因，今生的果。欠我的，你要归

还；欠你的，你要拿去。从不相信什么叫一见钟情，自见到你阳光般的微笑，醉人的眼神，才知道什么叫爱情。

为你心动，为你失眠，为你痴狂，为你消瘦了身影。今生遇见，不再错过，有你的每一天都是晴天。不需海誓山盟，无须甜言蜜语，只愿静静地看着你，知道你每天都在，过得好好的，就是浪漫的味道。

隔着千山，隔着万水，隔着漫漫的云烟，默默把你守候，一千年，一万年，此心不变。爱缠绵，情缱绻，梦相随，念长远。慢煮流年，轻斟爱情，只为今生与你拼却一醉。

身无彩蝶双飞翼，心有灵犀一点通。灵魂的贴近，只在刹那间燃烧出火焰，四目相对，电光火石，我知道，这是尘世最美的烟火。一个拥抱，一个亲吻，一声浓情软语，便胜却人间无数，你就是我的整个世界。

你是带露的玫瑰，含毒的罂粟，既然无法逃离，就勇敢面对。你是童贞的草地，皎洁的明月，任我驰骋，伴我逍遥。在花里静静吻你，在风里轻轻拥你，紧握你的温暖，怀抱你的妩媚，贴紧你的痴情，静听你的心跳。生命的旋律，为你荡漾；爱情的琴弦，为你拨响。

与你一起舞蹈，与你一起飞翔，与你一起追逐。雨露，星辰，阳光，都是我对你爱的信号。花开，草长，蝶舞，只为你创造爱的奇迹。在天空中写上对你的思念，在花丛里刻上你的名字，聆听心的呢喃，春天的私语。

缘是一张情网，网住尘世的你我。寂寞是一把琴弦，弹奏古老的情歌。苍山郁郁，流水潺潺，书写大地的狂野。真想与你一起化蝶，双双飞过沧海。

（二）

因为爱你，所以爱你，爱不需要理由，也没有理由。前世五百次回眸，置换得今生的擦肩而过。时间的底片，清晰印着你的影子；岁月的镜头，定格在古老的渡口。你是我前世的情人，今生再见。幸福的相册，写满前世今生的回忆。

鲜花铺满前行的路，文字写满温暖的缠绵，牵着你的手，就是拥有整个世界。风雨在时间的褶皱里褪色，痛苦在岁月的光影里消逝，爱却在记忆里停驻。默默地关怀，无尽的思念，深深的爱恋，没有起点也没有终点，没有前世也没有来生，一切都在刹那间永恒。

把温柔融进你的肌肤，把爱情种进你的心里，让你的双唇燃起火焰，让你的心沸腾起岩浆，我就是千年的火山，为你燃烧，为你奔涌，为你喷发。抱你在胸前，挽起你的发，啜饮你眸中的快乐与忧伤，在你的吻里沉醉。眼迷离，神恍惚，意缠绵，情如毒，你是我今生唯一的解药。

情的浪花泛起波纹，划着心船，在爱湖荡漾，我们是世上最浪漫的孩子，尽情嬉戏，忘了世界，也忘了时空。蓝蓝的天，蓝蓝的水，爱河浪涛汹涌，我们是两只爱情鸟，在爱的世界飞翔，痴狂，沉溺。银色的月光洒满心湖，我们在天地间尽情遨游。

生命因你璀璨，笑颜因你灿烂，喜欢没有道理，灵感的碰撞，心灵的交融，再也分不出你我。爱就是狂热，情就是冲动，把你揉进肌肤，直至粉碎，直至一体。闪电划破夜空，烈火灼烧干柴，你燃烧了我，也许今生，我就是扑火的飞蛾，即使毁灭，亦是幸福。你的妩媚，你的妖娆，你的温柔，是我一生走不出的梦乡。

春风静静吹过，溪水涓涓流淌，沿着曲折的山路，寻找爱的足迹。阳光和煦，春暖花开。不道相忘江湖，不言相濡以沫，只愿这样把你静静想念。牵挂满满，幸福满满，你的方向就是心的方向。为你等待，为你守候，为你收紧花蕾，为你尽情绽放，为你编织相思的花环。

爱没有地域，情没有年龄，更没有国界。一生当中，最难得一个知心爱人。感恩遇见，感恩前缘，感恩爱的路上有你。情人节，只愿与你度过；一辈子，只想与你携手到老。不因寂寞才想你，而因想你才寂寞。很喜欢这样一句话："当你老得牙齿掉光，我仍然爱你额头上的皱纹，亲吻你的牙床。"

爱的港湾，有你不寂寞；情的驿站，有你更美丽。

第十三章

撷一丝明媚，
诗意栖居

给心灵放个假，没入古诗堆中，让灵魂诗意栖居，或寄情天地之外，或纵情山水之间，蘸墨书字，提笔作画，一杯茗茶，一曲梵音，三五知己，闲来笑谈。漫道是人生惬意事，莫过如此。不思不想，不刻意雕琢，淡墨闲心，写一些文字，愉悦自己，快乐他人，亦是一种闲趣。

闲读杨万里的小诗："篱落疏疏一径深，树头花落未成阴。儿童急走追黄蝶，飞入菜花无处寻。"体会到一种来自心灵深处的悠然闲暇。春天的田园，稀疏的篱笆，奔走的儿童，那花仿佛开在心里，那纯真仿佛就是自己，一切都生机勃勃，春意盎然。

辛弃疾的《清平乐·村居》："茅檐低小，溪上青青草。醉里吴音相媚好，白发谁家翁媪。大儿锄豆溪东，中儿正织鸡笼，最喜小儿无赖，溪头卧剥莲蓬。"自然清新，贴近生活，得自然之道。闲居乡下，融入自然，醉卧桃源，一家老少其乐融融，当是人生一大快事，剥莲，锄豆，编织鸡笼，做一个孩子也好，一辈子，不老。只有拥有一颗不老的童心，才能在这喧嚣的红尘觅得一方净土，用来安放灵魂。

在古诗里，撑小艇，采白莲，江南的夏，总是那么浪漫。鸟儿高飞，孤云独自闲，相看两不厌的，除了敬亭山，还有谁呢？也想如幽兰一般，长在深山幽涧，开在悬崖之上，独享这一份世外的清静。花开花落，不为人赞。云起云落，不为人留。这样挺好。

总想寻找古诗词里的意境，闲来无事，喜欢独自寻幽。喜欢在这个暖冬，寻找桂花的香味，寻找错季绽放的梨花，寻找自在的鸟鸣。在低矮的农舍旁看青青的菜畦，稀疏的篱笆，听啁啾的虫鸣，断续的狗吠，鸡鸭的欢歌。凤尾森森的竹影，袅袅升起的炊烟，灶膛里焚烧木头的香味，总让心灵宁静。城中有村，城中还有原始的田园，对于我来说是一种奢侈，我喜欢逗留在林荫深处，寻求这种亘古的宁静与祥和。

"木末芙蓉花，山中发红萼。涧户寂无人，纷纷开且落。"王维此诗即是禅境了，空无一人的山野，芙蓉自开自落，这些花，仿佛就在我心中，美丽着，妖娆着，而又清静无染。其实闹市里的木芙蓉，也是寂寞的，隔壁小区里的白色和粉红色的芙蓉，花开花谢反复几次了，并没有几个人来赏花。而周围的几家酒馆，则喧嚣得不得了，可见并不是人人都爱花的，也不是个个都有这份闲情，有这种雅兴，还有这样美丽清静的灵魂的。

人生若能寻这样一个知己，最好是知心爱人，不食人间烟火的那种。在一山清水秀的小河畔，建一小楼，一个有着桂树，开满鲜花的院子，一大片一大片的野菊和竹林，几亩土地，避世隐居，过着宁静自在的日子，每日念佛参禅，闲敲棋子，享受一份世外的闲暇。

累了枕水而眠，看白云悠悠，舒卷随意。醒时拾一本书，墨香淡淡，抱在怀里，捻在手心，读诗作画，粗茶淡饭，自得其乐。心不论在何时都是静的，意不论何时都是闲的，最享受的还是那一对耳朵，处处时时都是天籁。明代张潮说："春听鸟声，夏听蝉声，秋听虫声，冬听雪声；白昼听棋声，月下听箫声；山中听松声，水际听欸乃声，方不虚生此耳。"心静耳闲，是可以聆听到自己的心语的。

素来不喜欢与人打交道，对红尘，往往是避而远之的。厌倦了饮酒食肉，其实也是一件好事。唯有这样，才有一颗草木之心，闲来与草木谈情，与花朵说禅，与白云流水映心。喜欢依山而居，伴着空谷白云野草花，梦里也有草木的芬芳。也喜欢临水小住，山泉，小溪，幽湖，大海，明月，鸥鹭，以水洗心，可以心无尘埃。

但这只能是幻想了，自居住在这个小城，心里并不曾高兴过几天。可恶的是那楼下的巨大噪音，严重地扰乱了心绪。所以常常自己去寻找一些闲适的去处，放松一下疲惫的身心。这里虽不如过去住的地方美丽，但也有一两处土地，可以让心纵情一乐。如乡下来城里的老太太老大爷，捧上几捧泥土，弄几个花盆，在阳台上种几株小花一般，总想侍弄点跟土地有关的东西，沾一点地气。

小城里的家属小区，通常是单位与住宅连在一起的，前几天进去寻幽，居然发现是一处极好的所在。假山池沼绿地古树一应俱全，最妙的是有一处山林，原生态的，这在城中是极其少见的。一条曲径，蜿蜒通向山林深处，山上的树木都是原始状态的，并没有动过半分。油茶，马尾松，低矮的灌木，野果，红壤，漫步其间，仿佛回到了故乡的山野。看茶花，摘松果，食野果，踩着满地枯黄的松针，觉得自己还在童年。

校园里的荷花池也不错，数十亩人工湖里，都是满满的荷叶，极大片的，中间一座小桥，左右又几个小亭，曲栏连着，颇有些妙处。

尽管冬天了，有的荷叶还亭亭玉立，展着碧绿的圆叶子，但绝大多数，已是残荷，漫步桥上，在蒙蒙的烟雨里，领略李义山"留得残荷听雨声"的意趣，不悲不喜，也是得了闲趣的。

我想我是有灵魂的，我得让灵魂活着，诗意地栖居在这个世界上。

诗意地活着，才是人生最大的奢侈，朋友，今天你诗意
了吗？

第十四章

斜阳正温柔，
烟霞亦断肠

（一）

一曲《摸鱼儿》，让我想起童年一个人或一群小伙伴在池塘、水库里摸鱼。一根细铁丝或一根小枝条，把石缝里逮住的小鱼串起来，现在想来有点残酷，但是在那时候是最大的乐趣。

有时旱季，家乡的"八一"水库干涸，村里用稀疏的大网捞过，故意遗留许多鱼。因为水还有齐腰深，邻近村子里的人也会过来摸鱼，一下子，水库里聚集大人小孩上千人。小网，竹篓，竹围子（本地叫"罩"，力大的男人，双手抓住，东一下，西一下，举着往水里罩，罩住的大鱼就在里面乱窜，伸手一摸，便手到擒来），"虾靶"（一种竹制的捞鱼工具，形同小舟），畚箕……没工具的，就徒手在泥里摸。在人群的惊扰下，大大小小的鱼头昏脑胀、无处跑窜，在泥浆里浮出头来，张大嘴喘着粗气，一逮一个正着。

这就是浑水摸鱼，甚至连那些王八、乌龟、泥鳅、鲶鱼也纷纷落网，指头大小的小鱼，也难逃厄运。有人逮住十多、二十斤重的"鱼王"时，便情绪高涨、激动，如戏剧中的高潮一样，激起众人的欲望，顷刻，一片欢呼声，便更加群情高涨了，颇有点像大革命。几乎每家都会弄回几十斤，多的数百斤，比过年还丰盛。90年代后就不见这种盛况了，因为承包的人，总是用细网捞得一个虾米都不剩，人们去过几次，都无功而返，甚是失落。

梦里的桃花源，现实中是无法寻觅的了！到处都是黑乎乎的池塘，还有人敢去摸鱼吗，一摸一身皮肤病！不过河里还好，山清水秀，捉螃蟹，逮虾，电小鱼，更有那偷偷弄来炸药炸的，亦是一种快事。不过看见那被炸掉手的外号叫"跛手"的瘦子，心里挺触动，不知是怜悯还是害怕。最可爱的，是那手持一根杆子，一个有三个钩子的"滚钓"，端坐在浮桥上，或是站在大桥上"挂"鱼的人，翠鸟一般，一守就大半天。无诱饵也可钓鱼，看哪条鱼"倒霉"，命运真的不可捉摸，不贪，也有丧命的时候，想来也真可悲。我不愿杀生，有一颗悲悯之心，不是我怕报应，只是不忍，因为我知道鱼在水里的乐趣。

（二）

"惜春长怕花开早，何况落红无数。"每一朵花开，它的宿命，就是凋零。生命是个过程，当开就开，当谢就谢。花开欢喜，花落不悲，开时美丽，落时潇洒。惜春怕花开，落红怎忍睹？惆怅！可谓痴人也。只因贪恋功名利禄之欲火焚身，贪爱青春美好之心魔缠绕，哪能放下！"春且住"，握不住的沙，不如扬了它；留不住的爱，不如断了它……

昨日看一女教师辞职信，只有几个字，却在网上广为流传:"世界那么大,我想去看看。"世人,皆是笼中物,网上虫,哪能洒脱?如此一语,就如道出自己心声,呜呜咽咽,引起一片共鸣。

"见说道、天涯芳草迷归路。怨春不语。算只有殷勤,画檐蛛网,尽日惹飞絮。"提起芳草,此二字最惹情思,记得年少,有本杂志,名字就叫《芳草》,记不得内容了,也许我就爱这"芳草"二字吧。弘一法师还是李叔同的时候,曾做过一首歌《送别》,"长亭外,古道边,芳草碧连天……"因为歌中有芳草二字,我也记住了。后来,李叔同去世了,弘一法师心里再也没有"芳草",只有"慈悲"了。

古诗中有"绵绵不断如春草,更行更远还生"之句,可见只有春天的草,才配得上"芳草"的。此句中最妙的还是那个"怨"字,英雄多情,也会怨。雕梁画栋,幽深庭院,一张蛛网,招惹着绵绵软软,随风飘舞的杨柳飞花。深宫之中,良辰美景,更多闲愁,也更寂寞。这种寂寞,是深沉的。画檐蛛网,尽日惹飞絮,这个细节,也是细到了极处的,如《红楼梦》里的女子,故意遗落一块手帕,只等心意的男子拾起,放在鼻子下,轻嗅。

（三）

下阙，起句"长门事，准拟佳期又误。蛾眉曾有人妒。千金纵买相如赋，脉脉此情谁诉。"一座长门深宫，一个绝代艳后，相思，寂寞，失意，心机，宫廷间的争斗，是世间最黑暗的地狱。失宠的，想复出；未得宠的，想得宠；得宠的，想专宠。可是伴君如伴虎，侯门深似海，多少人又得到善终？不得善终，也要飞蛾扑火，与其寂寞着老死，不如烈火般燃烧，燃尽了，即使成灰，也是值得的了。

末句"闲愁最苦。休去倚危楼，斜阳正在，烟柳断肠处。"开合收放之间，如神龙摆尾，如大虫扬鞭，如骁勇之将跨于马上，于千万人中，如入无人之境，舒展猿臂，敌方主帅，手到擒来。"闲愁最苦"，闲得无事，不就无聊吗，无聊是最最难受的，情不知所起，恨不知何来，幽幽怨怨，莫名烦恼。是春愁，是闺怨，是失意文人，是落魄官僚，是破产商人，是落第学子，是失恋少年，是失宠佳人。危楼依不得，因为斜阳正在，烟柳断肠处。这句与李清照的"绿肥红瘦"，贺铸的"试问闲愁都几许？一川烟草，满城风絮，梅子黄时雨"，异曲而同工。

谁一袭袈裟，一双草鞋，一个钵盂，"万花丛中过，片叶不沾身"？槛内愁，槛外笑，人生不过是一个"囚"字，去掉禁锢自己的心锁，才是真正解脱自在的人。痴迷的自痴迷，潇洒的自潇洒，旷达的自旷达，人生不过是一场跋涉。待到千帆过尽，万水千山看遍，不过是也无风雨也无晴，一蓑烟雨任平生。

第十五章

心有桃花源，
处处水云间

（一）

　　闲来无事，泡一壶茶，躺在阳台的懒椅上，一边休憩，一边闲读。案头摆着几部书，一部《唐宋词》，一部《四库全书》，一部《红楼梦》，一本明代洪应明的《菜根谭》。每有会心处，就情不自禁拍案称奇，连呼痛快。偶有感悟，随笔记下，续成文字。我手写我心，我心任天然，片言只语，犹如梦呓，不为人懂，只为我心。是非功过任人评说，不争不辩，一切随缘。

月盈则缺，水满则溢，残缺即完美。辱行污名，不必全推，无须太过追求完美，无须把事做到绝对。登峰造极，必临深渊；尽善尽美，必堕瑕疵。水至清则无鱼，人至察则无徒。清静的莲花，是开在淤泥之上的。净从秽出，明从暗生，有高山必有深谷，有手心必有手背。只要有一颗包容的心，海纳百川，和光同尘，就可以成其浩瀚。林则徐说："海纳百川，有容乃大，壁立千仞，无欲则刚。"粗茶淡饭，清心寡欲，冰清玉洁，无非都是铮铮傲骨的强者；锦衣华服，山珍海味，贪图享受，必然沦为奴颜婢膝的贱人。高贵与卑贱，不在物质，而在心灵。

菜根谭说："不贪，就是白衣的卿相；贪吝，就是华服的乞丐。"只要摆脱世俗的利欲就可以跻身名流，只要排除世间的干扰，宁静心神就可以超凡入圣。淡中有真味，平中见幽奇。玉韫珠藏，韬光养晦，虎卧山冈，龙潜深潭，静水流深。祥和，豁达，朴实，本真，就是高贵。不争，不辩，明机巧而不用，晓利害而不言，就是智慧。富多施舍，智宜敛藏，谦虚有礼，不露锋芒。宽厚待人，知足是福，耳听逆言，心纳万象。天下之大莫过包容，悟道，修心，悟的是平常之道，修的是一颗包容的心。

道者应具木石心，禅者应有水云趣。放下功名富贵心，便可脱凡；放下道德仁义心，才能入圣。超越天地外，不在名利中，清虚恬静，养浩然之气。去除妄心，彻见本性，光明正大刚直无邪，才能表现出大气概。水落石出，山高月小，鸢飞鱼跃，旷野清风。把宇宙放在心中，心就比宇宙更大。把自然放在心中，心就会如自然一样生机勃勃。人生到最后，比的是境界。境界越高，心胸越博大。心与自然合一，心即自然。心与佛合一，心即是佛。纯净素朴，天真无邪，永远保持一颗赤子之心。打开心与自然的界限，不再有内外的分别。人生潇洒，云水禅心，自在来去。

（二）

喜欢一种淡然的精致，不流于浓艳，不陷于枯寂。喜欢一种清水出芙蓉、天然去雕饰的纯自然的美。如莲开宝池，菊绽南山，寒梅映雪，兰香幽谷。喜欢闲云野鹤，不为人留的逸趣；喜欢野渡无人舟自横，大漠黄沙无人烟的亘古与旷远。修德忘功名，读书有静气，一壶禅茶，一杯淡酒，一座茅庐，面对山高水长，自有无穷的清趣。有一首佛偈云："人人有个大慈悲，维摩屠侩无二心。处处有种真趣咏，金屋茅檐非两地也。"不智不愚，不色不空，回归真我。

每日在潇水河畔自由行走，竹篱茅舍，渔樵闲话，桃花深处。在红尘里修行，修一颗净土红尘本来不二心。一直相信，最清静的莲花是开在最污浊的淤泥上的。梦里不知身是客，每每春来相思深，《诗经》中走来的你，倾国倾城，与我红尘深处，开一树繁花，共一场旖旎。"兼葭苍苍，白露为霜，所谓伊人，在水一方。"在尘不尘，在染不染，隔水相望，情意绵绵。音乐里那句"妾在长江头，君在长江尾"一唱三叹，只把我的心，带回你梦里。不问前世，不问来生，只愿今生与你花下醉，共修一段缘法。

岁月老了，爱情不老。爱是一场宿命，冥冥自有天注定。在红尘最深处等你，与你相遇，自有千年的缘分。前世我是王，你是我的宠妃；今生我为佛，你是我的莲花。你在《诗经》里，你在《唐宋词》里，你在《红楼梦》里。心随我动，情为我醉。你说你喜欢做一个温婉多情的女人，只愿做一个女人中的极品。只等我来征服，只让我为红颜拼却一醉，让我成为英雄，"会当凌绝顶，一览众山小"，傲立于众人之间。你说你要成为我的骄傲，让我获得一个男人最大的尊严。

爱，是尘埃里开出最美的花。爱，也是心中里绽放最美的禅。

（三）

春渐深了，回首，烟凝紫翠，小径晴沙，乱红堆出相思路。惆怅春心，冷傲高贵，静静开成一枝寒梅。轻烟小雨，岸渚汀沙，遥望潇湘烟水阔，一座寂寞的小亭，禅坐在水云深处。裁一片烟波，剪一缕轻纱，采一枝桃花，寄给远方的你。你说同样与我用心地守望，牵着手走下去，不离不弃，直到地老天荒。你说我们一定要骑上骏马，一路狂奔，看尽天下美景，赏尽人间春色。感受一路的温馨与清爽，感受彼此的心跳与舒畅，感受天地合一的相契与烟水茫茫，让生命绽放出璀璨夺目的光彩，让我们一起欢乐开怀……你说你就是巫山女神，只为让我今生一醉。

我的身上开满了桃花，心中飘起了红雨，情如"黄河之水天上来，奔流到海不复回"，龙吟虎啸，纵横江湖。倚天剑，屠龙刀，向天横，拔五岳，一柱擎天。欲上九天揽月，敢下沧海擒蛟。我的情磅礴，我的爱喷涌，雄伟壮丽，汹涌澎湃。笔走龙蛇，剑舞风雨，轩昂天宇，"力拔山兮气盖世"，只想与你扶摇而上，直达虚空，坐享云端。你缱绻，我疏狂；你妩媚，我阳刚；你浅吟，我狂舞。仿佛自己就是李白："酒入豪肠，七分酿成了月光，余下的三分成了剑气，绣口一吐就是半个盛唐。"心若浮云，入你幽梦，听你隔水云纱，浅吟低唱，婉诉衷肠。

听，秦淮河的桨声；听，洞庭湖的烟波；听，五台山的钟声；听，梵音洞的潮音。青山如壁，陌上花开，芭蕉细雨，淡画春山。春潮急，烟水阔，避暑离宫，豪杰渐消磨。烟雨江南，与你共旖旎。漫道是，人生苦短，相思却长。"花开堪折直须折，莫待花谢空折枝"！锦瑟年华，清酒一樽，相思无数。红楼小院，珠帘半卷，一曲琵琶，一声笛，谁唱《西洲曲》？东风幽怨，梨花带雨，寂寞海棠胭脂湿。

半生天涯路，执手沧桑情。水流云遮，桃源望断，乱山深

处，燕子双飞。

红尘多少事，只合临窗听，一半给了风，一半予了云。

第十六章

浅吟时光，
生命花开

　　人生，不过是一朵花开的时间。刹那芳华，刹那凋零，甚至来不及回味。蝴蝶飞不过沧海，一场清风，就让青春飘远，留下的，不过是那些岁月的碎片———一些美丽的屑。

　　还来不及拉开帷幕，却被迫忍住眼泪谢幕，看一场电影，读一部红楼，总在别人的故事里找到自己的影子。爱上一座城，恋上一个人，岁月忽已晚，指尖苍凉，握住的往往只剩下一个名字，如天空中的一弯眉月。

半山，半水，半条街道，半墙花影，半轮明月。谁偷走了岁月，也偷走了记忆？几天前漫山的繁花，遍野的氤氲花香，一场风雨过后，只剩一片苍绿，花儿终是无处可寻的了。

　　昨日是今日的黄花，今日又是明日的黄花。

　　刚出来工作时，才十七岁，一座青山，一座破烂的小学校，举目是一扇只剩半页的门。迎面，却是一个痴心殉情的女主角的故事，心里不觉一动，心想这是怎样一个痴情美丽的女子呢？很想待在那所山村小学里，与那小说里才有的故事痴缠一下。后来终于轮到自己，却千疮百孔，怎么也浪漫不起来了。

　　青春的大半，都在山村里寂寞地度过，一个人的天空，一个人的黑夜，一个人的孤独。很多事不愿提起，因为提起，只剩眼泪和伤。把伤痕不断揭开来给自己看，是一件很残忍的事。忘却是对岁月最好的怀念，掩埋是对青春最好的祭奠。岁月在心里种下的那粒沙，不断地用时光包裹，竟然剔透晶莹，有了温润的光华，如席慕蓉书写的诗篇，伤感而凄美，却是那样的珠圆玉润。

青春是那样短暂，还未来得及挥霍，就再无踪影。记得看过外国一篇小说叫《等待戈多》，那个叫爱情的"戈多"，早已忘了我的存在。也许人生就是一场宿命，拼命追寻幸福，而幸福永远在前方，直到你累得走不动了，厌了，倦了，才感到有那么一点儿幸福的存在。

"匆匆匆！催催催！一卷烟，一片山，几点云影；一道水，一座桥，一支橹声；一林松，一丛竹，红叶纷纷；艳色的田野，金黄的秋景，梦境似的分明，模糊，消隐……"人生的路，还没有迈开步子走，却被人说，你已中年了。渐渐习惯了离别，渐渐习惯了看那熟悉的人，慢慢走远，说不说再见，已不再重要。春来花自开，秋至叶飘零，对生死离别，亦是熟视无睹的了，仿佛看一片叶的飘零，一朵花萎谢，开败随缘，自然而然。

人生没有坦途，一帆风顺的人生，不值得一品。如一条索道，从这头直接滑到那头，没什么味道。人生有很多迷途，也有很多陷阱，就如一条条山路，一座座险峰与悬崖，需要用双脚去丈量。人生百味，就在无数迷途的往返与探索之间，就在这无数次从陷阱里死里逃生。

父亲说我是少年时已经老掉了的，十几二十岁的年纪比五六十岁的人经历还多。少年老成，没什么不好，别人用四年时间完成的大学，我用十年时间完成，也没什么不好。

我是完全的野生植物，那根扎进岩石的缝隙里，怎样的狂风暴雨，也拔不出来。我可以数十年坚忍不拔地做一件事，可以花十年挖掉一座小山丘，一砖一石垒砌几千平方米的房子，可以一日二十四小时一言不发，可以坚持在工作之余每日写一篇短文。或许我是一个可怕的人，只要我愿意做的事，没有什么可以困住我的，困住我的永远是自己的心。

条条大路通罗马，悟道，仅仅在一个"悟"字。人生所做的事，不在多，而在透。看透了自己，就看透了人生；看破了自己的心，就看破了世像。当你一眼透过手心，看见了手背，你就如孙悟空一样，拥有了火眼金睛，可以洞察一切人的灵魂，佛闭着眼，一样明察秋毫。

白落梅说："时间很短，天涯很远。往后的一山一水，一朝一夕，自己安静地走完。倘若不慎走失迷途，跌入水中，也应记得，有一条河流，叫重生。这世上，任何地方，都可以生长；任何去处，都是归宿。"

最喜欢她后面这句：这世上，任何地方，都可以生长；任何去处，都是归宿。这是对宇宙人生的彻悟，也就是佛语，随缘自在，自在随缘。一颗放下的心，在哪里都是涅槃。有一条河流，叫重生，冬去春又来，夜逝昼就回，月亏就会满，阳光总在风雨后，置之死地而后生。

闭门即深山，心如空山，自然寂静。从一朵花里顿悟，在一粒沙里修行，青春渐渐褪去迷人的色彩，花香却依然弥漫。拈一朵花，对着世界微笑，时光的词卷里流光溢彩。侧耳，眯眼，听一首老歌，走过一条老街，看所有的传奇，湮没在云水深处。

白音格力在《看取莲花净》里写道："爱一个人，不仅仅是给予爱与享有爱。爱至有了老意时，或许才能见街头一株蜀葵，一棵馒头柳，都有对那个人至深的爱。这时，才对了。"

灵魂深处，总有一个人值得你为她深爱，不管她知不知道。知不知道也并不重要，因为爱，最终还是一个人的事。

每个人，说到底，是寂寞的，因为天地是无言的。人生如花，寂寞地开，寂寞地谢。喜欢一个人喝茶，默默对着街上来来往往的过客发呆，喜欢"僧敲月下门"的宁静与悠远，喜欢什么也不想，独自走进一个似曾相识的小巷，看斑驳墙上幽寂的苍苔。

真正打动人的，是岁月里的某个细节。一个春日的下午，卧在某个亭子里，杨柳随风，水声潺潺，波光潋滟，一条小鱼跃出水面，猛然把你惊醒；一个夏日的清晨，一枝带露的粉荷如一位妙龄女子一样闯入你的眼帘；一个秋日的黄昏，一觉醒来，菊花已开满山野，一只蜘蛛从石头柱子上爬下来，慢慢向你靠近；一个寒冷的冬夜，雪纷纷扬扬，父亲用柴燃起一炉大火……

也许是某年某月某日，她说过的一句话。也许是某个街道的某个路口，你喝醉了，躺在冰冷的水泥地上，来来往往的车和人恍惚走过，突然一双手把你扶起同时叫着你的名字。也许天空的七彩晚霞里的一片残阳如血。也许就是一袭清风，几丝小雨，一夜雪落。山垭里的一弯月，瓦缝里的一缕阳光，指间的几颗星辰……

父亲弯曲的背，母亲苍老的手，都可以一下子洞穿你的心，让你突然间，眼角噙满了泪。

心灵有一个小园，鲜花半开；一个小池，云影半来；一个篱笆，柴门半掩；一座瓦屋，木窗半旧。一张桌子，几把椅子，满床的书，一壶禅茶，一大缸子酒，一个火炉，炉子上有冒着热气的水……

室内空无一人。只有静，只有寂。我在等一朵莲花自在开放……

第十七章

独舞，
一个人的地老天荒

（一）

寻一日，静坐山中，物我两忘。喜欢看老树的画，人没有面孔，物没有形象，只有神，只有灵。空花空影，空人心。蛙鼓稀，流水远，云绕窗，任意悲喜。

人生可拥有那么多，我只要"清闲"二字就可以了，物欲少一点，心灵会获得更多的自由。静可以养心，俭能够养德，心简单了，一切自然而然都简单了。清风、明月、幽潭、深涧，自在心，这些都是我最爱的。

利用一点闲暇时光，放牧诗句，放牧一些世外的清闲。逐流水，追白云，驾长风，天地一鹤。心里清溪，眉间幽潭，高山流水，我为知音。"人闲桂花落，夜静春山空"。空处绝人烟，只有静，只有闲。野花自在开无主，春山何处不留客？青山何须画，流水不需描，本是由心造，一枕忘烦扰。柳绿花红，翠竹摇曳，黄花点点，皆是般若。

喜欢这种生活，闲闲的，静静的。白云本无心，流水也无意，一座冷庐，几间禅房。与经对坐，与花缠绵，在小径白石上，看云来云去，天地空阔。翠竹黄花皆佛性，白云流水都是禅心。空山无人处，就这样静静坐着——静生定，定生慧，空色合一。肌骨澄澈，气定心闲，无我无心……

秦时明月入画，唐时清风入怀，宋时烟雨入诗。掌心里，山川纵横，云烟点点，人生不过是长亭更短亭，相遇又离别。淡里甘醇，静里芬芳，是人生的真味。尽可以结庐人境，明月挂木窗，藤蔓上篱架。尽可以闹中观静，繁处求简；也尽可以人书俱老。

静坐一个人的山河岁月，独舞一个人的地老天荒。林间疏雨采野花，山抹微看秋草。野旷天低依稀树，田间清风满坡花。"已经不随流水转，心闲还送白云飞。"清幽，寂静。一朵花里，看春风十里，百里洋场。一滴水里，看天地辽阔，三千世界。花开荼靡，韶华胜极，都是心中云烟一朵。

　　心有花田，有酒，有皎洁明月，与清风对饮，唱阳关三叠。在十万亩花田，一片山水里，种上云和月。傍云眠石，听雨看花，任时光在书页里长出青。信手翻开，从书页间游出鱼，开出花，流出水，云起，水落，石出，现出我爱的自然。

　　二十四桥，四百八十寺，都在明月、烟雨里，构成一句陈年的诗。是呢，往事，瘦得如一句箫声，还有比这更瘦的吗？我眉清目净，你息如幽兰。我唇有花语，你十指纤纤。我细品禅茶，你慢弹时光。就这样爱到无心，不来不去，不增不减，不垢不净，才是境界。

　　藏得最深的，往往是心灵的禁地。任何人，也无法触及，如玉龙雪山，佛寺的金顶，珠穆朗玛峰上的佛光。纷扰远去，尘埃落地，心如深潭，思与不思，已不重要。白音格力说："我的心里有一片花田，种着十亩风，自性清静地爱你。"

"我们相爱，只有一条路可走，永远只是开始，从每一天开始。我送一眉好水，你回一山烟岚；你视我稀世珍宝，我爱你无比珍贵。"我就这样，自性清静地爱你。念与不念，爱就在那里；见与不见，情就在那里。爱，是一条心路，没有起点，也没有终点，就这样一直走下去，静守一段好时光，不问日升月落。

温一壶月光做酒，身旁放一红泥小炉，湖心亭上，亭中有酒气，湖上有飞雪……

（二）

一朵云，一块石，一帘雨声，都是诗意。一首歌，一个人，一坡山花，都是曼妙。十年之后，你是否会如约捎来一片云，与我赴清风明月之约？有人说，与人纠结，不如与花缠绵。某个清晨在山间起来，发间带露，衣含清香，薄雾轻纱，总难画成。画不成，又何须画，空山深远，白云悠悠，空谷幽兰，寂静芬芳。闲牵半山风，静扯一溪云，岁月本身就是一页页朦胧的山水，心静下来，就会在眼前一一展开。

执子之手，与子偕老。你住在诗词里，我住在流水旁、白云边。你是我的隔世桃夭，让我老去的心，再起峰岚，白雪红梅，相映成趣。你说你记得啊，当年我们就在唐诗里，客舍青青柳色新，小雨轻尘，嘚嘚的马蹄，我们一路欢笑着，牵着明月跑过江南。

"凌波不过横塘路，但目送，芳尘去。锦瑟华年谁与度？月台花榭，琐窗朱户，只有春知处。"红笺小字，难书相思。一本佛经，一壶禅茶，与时光慢饮。你是岁月最深情的落款，印在时光最美的辞章里。蔷薇半窗，风吹腻粉，花成海；篱落深深，小蕾深藏，几点乱红。春已深，你来了吗？

"碧云冉冉蘅皋暮，彩笔新题断肠句。试问闲愁都几许？一川烟雨，满城风絮，梅子黄时雨。"梨花白，菊花黄，樱桃红，一池疏雨，闲愁最难。苦楝树繁花粉紫紫，纷纷落，纷纷飘。柳絮随风，无边情思……

半溪水云，一坡胭脂，春雨，淋不熄春花。是啊，春花是淋不熄的，仿佛爱情，千年万年，还会找到那个你要找的人。

　　春天，是一个多情的季节，只要稍稍静下来，总会闲云又来，闲情又生。美丽的情怀，是一部被淋湿的诗稿，上页思无邪，下页就恨如春水。给春天描眉，纸上有云，笔下有水，款款往事，凝烟带翠。很多事，不需要记住，隔云隔雨，自然成溪；许多情，不需要言语，隔山隔水，自在成韵。灞桥折柳，南山采菊，爱是一个人的宗教，不知不觉就端坐云端，清静如佛。

　　就这样静静等着，一直到老。待到蛾眉扫尽，尘埃落定，人生将暮，白发成雪，与你依偎着，静听檐下江南，淅沥水声。与你相拥着，卧听秋风塞北，金戈铁马。读你低眉娇羞，千言万语，难写心动。林花著雨胭脂湿，凝着泪，带着愁，那是思念留下的疼。烟雨故事，迷离的诗，说与谁听？一个人倾听岁月，山河深处，水阔云低……

第十八章

煮字燃情，
绣一朵青花

（一）

　　缘分，如落在掌心的雪，化了才浪漫；爱情，如抱在怀中的冰，融了才唯美。如果可以，我愿为青花，你则做瓷，我永远溶进你的身体，刻进你的灵魂，即使破碎，都在一起。

　　关于男女之间的关系，张小娴说："上半身朋友，下半身情人。"那青花与瓷的交缠，让我们忘了下半身与上半身的分别，只惊诧于这纯净的美，震撼这不染尘埃的静。爱美是人的天性，因美而忘了性，也许是一种纯粹的崇高。

金庸小说里的天下第一刀客胡一刀，凭借他的武艺，完全可以带走陈圆圆，可他却守候陈圆圆二十三年，只为偶尔在她路过时可以看一眼，只要她幸福，这就足够了。我想，这是灵魂上的青花吧，金岳霖对林徽因也是如此，世界上很多的暗恋，许多青涩的初恋，都是如此。藏在心灵深处，不沾人间半点烟火。

旖旎，干净，内敛，清静，妥帖，飘逸，出尘。细读则透出曼妙与妖娆，如一个故事，里面写满爱情。浪漫邂逅，经烈火燃烧，爱恨情愁的煎熬，岁月的沉淀，把魂魄熔在了一起，身子揉在了一起，又经过世俗的烟火，却超越了世俗，再也嗅不到一丁点儿尘世的烟火味。

雪小禅说："我初见青花，但觉得是一个男人与一个女人的爱情，那蓝，仿佛是魂，深深揉在了瓷里——要怎么爱你才够深情？把我的骨我的血全揉进你的身体里吧，那白里，透出了我，透出了蓝，这样的着色，大气，凛然，端静，风日洒然，却又透着十二分的书卷。"

青花瓷，书卷气，爱情，只有痴情而又饱读诗书的女子才读得出，等于是把自己的灵魂融进去，我们读到的是自己。我看青花瓷，就如读西施、貂蝉、杨贵妃、王昭君、林黛玉、薛宝钗这样的美女，不仅读到肉体，还读到灵魂。隔着几个世纪的烟雨，那么远，又那么近，可以触摸她们肌肤里的温润，感觉到她们的心跳与欲望。感觉到她们的羞涩、静丽，妖娆、惊艳、绝色，可以嗅到她们的冷香。我不在乎她们是少女还是少妇，也不在乎她们曾经属于谁，我依然可以痴缠到底，美丽的，并不一定要占有，远远看着，也好。

（二）

我喜欢慢生活，慢慢悠悠，边走边逛，我有我的方向。其实人生是一场长跑，当你慢慢悠悠走到终点，蓦然发现，终点上除了你，并无他人，那些跑得快的，都累死在半路上了。

生命也是一场轮回，那古代小说里的每一个才子佳人，帝皇将相，贩夫走卒，痴男怨女，都是我们自己。我曾经是贾宝玉，你也曾经是林黛玉；我曾经是西门庆，你也曾经是潘金莲。爱情是一场轮回，我做过商纣，你也做过妲己；我做过项羽，你也做过虞姬。回眸一笑百媚生，只是我们忘了自己是谁。

不断地埋葬爱情，又不断地萌生爱情，过去、现在、未来，我们不断变幻角色，但依然可以通过灵魂的印记，寻见过去世中的蛛丝马迹。白瓷纯净无瑕，如玉，如女人体，空灵剔透，只等她爱的男人把他的精魂融进她的体内，水乳交融，交缠出一段风花雪月的故事，才有了绝世的艳丽。青花是男人，白瓷是女人，文字是心语，朱砂印是吻痕，完美而高贵。

恨不能手中捧着口里含着，恨不能纠缠一起生生世世，也许只能如青花瓷一般经过了水与火的煎熬，历经了岁月，才能读懂其中的深意吧。数百件、上千件之中，才有一件惊世之作，譬如世上的爱情，惊天地、泣鬼神的，是极少极少的，可遇而不可求，多少年来才能演绎一场，所以弥足珍贵了。一个人又要等多久，才能在对的时间遇上对的人？即使遇到了，一定能淬炼成金？

思念飞长，时光煮雨，笔笔成伤，一枝嫩荷，几片枯叶，数缕秋风。跟着梦的脚步，寻找丢失的记忆，也许在风的终点，就能找到那个美丽的传说吧。时光清浅，梦如薄纱，透过荷叶仿佛可以触摸阳光的温度。相遇太美，相拥太缠绵，痛着，快乐着，直到花开荼靡，亦无怨无悔。一生一世，有此一回，就是死了也是值得的。

(三)

我倾慕那种天人合一的感觉，天地交缠，日月追逐，男女厮摩。晚上读完《易经》，方知阴阳之道，天地间的大道，就是"平易简单"四字。简、静、素、雅，人间大美。最美的，往往是朴素到极致的，譬如文学，譬如艺术，譬如爱情，只一颗素白洁净的心，没有了尘埃，静了，无声了。不需要语言，也不需要文字，就可以心领神会。

不要天长地久，不要信誓旦旦，不诉离殇，不言厌倦，不会无路可进，也不会无路可退。在时光里牵手，在青花瓷里缠绵，删繁就简，只剩下两颗心，一个灵魂。把一个身体，融合在另一个身体里，把一个灵魂融合在另一个灵魂里，形成完美的曲线，千年，万年，不离不弃。你就是砸碎了它，也是骨中有骨，肉中有肉，你中有我，我中有你。

你端庄秀丽，我飘逸出尘。空灵，唯美，你是小龙女，我就是杨过。一个绝色，一个极品。千年万年只为等一场花开，等一场地老天荒。只愿这样静静地抱着你，直到永远，忘了世界，忘了年华，忘了轮回。陶醉在爱的世界里，再不见伤痛和沧桑的痕迹。

摩挲这玉润的肌肤，眼中早已烟雨蒙蒙，或许我就是一株青莲，种在白瓷之中，不为名，不为利，只为这人间最美的邂逅。最繁华的，往往是最寂寞的；最喧嚣的，往往是最寂静的。尝尽人间烟火，只愿得一人而终老，在极静里，涅槃。

情到伤处是绚烂，爱在纠结里妖娆。云在雨上，雨在云底，是怎样一种浪漫？走在青花里的，多是唐诗宋词，唐时的云，宋时的烟，氤氲在文字里，摇曳着绝代的风华。伤痕累累复归平淡，情到极处复归清冷，在这冷与静里，回归最初的自己，让生命冒出一抹绿意。

"天青色等烟雨，而我在等你"，在等吗？如果值得，一定要等。等你在时光里，等你在永恒里，直到风烟俱净，所有的故事都回到最初。我是青花，你是白瓷，在天青色的烟雨里，回归永恒的寂静，不再起落悲欢。

第十八章　煮字燃情，绣一朵青花

第十九章

与你遇见，
是我一生的暖

　　遇见你，是我今生最美的缘。是一个孤独的灵魂，突然认出了另一个灵魂。哇！原来等的就是你。爱没有理由，就是因为爱，所以爱。爱，是飞蛾扑火的执着，也是火与火亲吻的炽热。爱可以让一颗心更纯净，也可以让一个人变得高尚，更可以让两个灵魂天衣无缝地融合在一起，时时在天上飘，坐在云朵里。爱到深处是心疼，你在我欢喜，你离开我心痛，你忧我忧，你乐我乐，心心相连，情情相牵。爱是你中有我，我中有你，心灵相通，血脉相连。那种疼，会入心，入肺，入骨。只想离你更近一点，拥着你，吻着你，与你融了，化了，静静开成一朵艳丽的花。

爱是神秘的，也是高贵的。爱是心田种满玫瑰，骨子上开满桃花。爱是山崩地裂，火山爆发；爱也是相濡以沫，细水长流。爱是塞外草原，也是江南烟雨。与你一见钟情，与你两地相思，为你憔悴了身影。有人说，爱情不过是古老的灵魂，披上了新衣，即使隔了千年，即使忘了彼此，相遇的刹那，亦会凝神窒息，魂牵梦萦。今生为爱而行，今世为爱而来，千年轮回，万里跋涉，我们依然认出了彼此，相拥的瞬间，醉了这个春天。好想轻抚你的脸颊，好想触摸你的身体，为你燃烧，为你狂热，为你奋不顾身，与你共进情天恨海。你就是我的女神，为你献上我所有的虔诚和挚爱！今生有你，不再枉来这个世界一回。

爱是一种渴望，渴望了解，渴望认可，渴望爱与被爱。爱一个人，总是不由自主地想占有对方，她的身体、她的灵魂、她的一切的一切。你说好想就这样被我征服，征服你的身体、你的灵魂。爱的光芒如金子般镀在我们的身体，熔进我们的灵魂，流淌在我们的血管里。一切终将黯淡，唯有爱会永恒；一切都会老去，唯有爱永远童真；一切会灰飞烟灭，唯有爱穿越时空，分开千年万年，隔着千里万里，依然如磁石般吸引过来，紧贴在一起。爱如一个神话，也是一个美丽的童话，生命因你而绚烂，生活因你而精彩，今生因你而有了意义……

人生最幸福的事，莫过于红尘之中遇见另一个自己。高山流水，心有灵犀，无语默契。这是生命中的另一个圆满，犹如心中那一轮明月，挂在永恒的天空。即使山河老去，岁月变迁，可是明月不老，心亦不老。

远山，小桥，村庄，数树繁花，一弯冷月，疏淡，清美。世界上任何一朵花，也开不过心中的花。让心开成一朵莲花，纯真，洁净，无邪。心无邪，思无邪，爱无邪。真爱是无敌的，沐浴在真爱的光芒里，可以治愈尘世的伤痛。爱可以温暖冰凉的幽怨，把卑微而孤独的灵魂变得高尚而美丽，可以把泪水和伤痕，凝结成晶莹的珍珠。

夜幽深，天微凉，春烂漫。这个春天，有点放肆，嫩绿簇簇，乱红纷纷，心儿也有点"乱"。最喜"红杏枝头春意闹"这句古词（宋祁《玉楼春·春景》），那个"闹"字，应该是极静的，喧嚣到极点的最深沉的静。如同爱到深处极深的寂寞，这种寂寞是属于灵魂融合在一处的两个人的，是亘古的，只有两个人才感觉得到。

在这样的夜里，空气都是粉色的，极软极柔的，处处都是相思。这种相思是越轨的，仿佛中国画里的唐诗与宋词，极淡的墨里，突然一点嫣红，朱砂痣一般，闯入心灵，那心便是内伤了的，带着前世的印记，湿漉漉的，有着江南水声的清韵。

料峭春寒，带着萧淡的凉意。风起，吹来前世的记忆。你立在春的深处，冷而艳。冷中四射着热烈，淡雅中隐藏着骚动，这是爱的圣光，照耀了灵的殿堂。内敛，静气，外向，狂热。你的气息熏染了岁月，仿佛唐代的一滴墨，落进宋代的宣纸里，着水洇开，缓缓洇成一朵桃花，老树遒劲，新花烂漫，有着岁月的寂寥和最深沉的艳。

喜欢至简至朴，在诗里觅一条小路，直达自然深处。曲径通幽，也通禅。山树，村野，石径，白云深处一座僧庐。或许，我前世就是一尊佛，你是我手心里的佛珠，我的泪掉在你心里，于是便有了这等待千年，痴缠绵延的爱情。握你在手心，感受你的温柔与温度，感受你的颤动与柔软。你是一朵花，一株开花的绿色植物，种在唐诗里，摇曳、清芬，只等我轻轻翻阅时，深情地把泪洒在我心里。

风有点透明，心也透明。穿过一滴露珠，去《诗经》里找你，看你素白裙袂，照水临花，在千年前的那个春天，蒹葭水湄，为我唱一曲情歌。你说，不管云看不看，艳丽与妩媚都在；不管风来不来，芬芳与清凉都在。古老的村子，谁也不记得那年初相遇，只在水晶似的童话里，寻找当年的放纵与浪漫。

抹不掉，眼中的深情；擦不掉，心中的烙印。为你无节制地狂欢，为你无来由的忧郁，无法粉饰的心事，如一尾银色的鱼，只要在有月的夜晚，就会顺着月光，游到明月之上。日子缓慢悠长，黑与白的对弈，永远没有止境。我们是岁月的棋盘上，不知缘由的棋子，离离合合，皆是前缘。爱你，是一场宿命，也是天意。

前世，我做狂草，你舞剑器；前生，我是游龙，你是戏凤；前朝，我是君王，你是爱妃。一柄剑，一册书，一支洞箫。江湖险，美人瘦，帐底眠英雄；锦衣乱，月影散，花下卧鸳鸯。

喜欢你的妖娆，喜欢你的妩媚，喜欢你的豪迈，喜欢你的大度。白落梅说："世上所有的相遇，都是久别重逢。"半旧的城，半旧的人，半旧的心。在旧手帕上，依然可以闻到你的气息，你是我的旧人。听一听你的心跳，还有旧时的乡音；嗅一嗅你的体香，还是旧时味道；摸一摸你的肌肤，还是旧时温热。相隔千年又如何？相隔万里又如何？佛曰，刹那即永恒。三日与三十年、三百年又有什么分别？刹那芳华，一即一切。

想你提着长裙，绾起长发，披着月光，踏着露珠，赤脚走进江南。肌肤如绸，骨骼似玉，你是个爱写诗的诗意女子。你不来，我不敢老去。你说："不舍得，不舍得我。"浓情蜜意，如含露的花，把浩瀚湛蓝的天空，浓缩进骨子里，含苞欲放，曼妙成一朵蓝色妖姬。寂寞，嗔叹，妖娆，勾魂。爱，一意孤行；情，横行无忌；念，绵绵不绝。你说随时为我花开，时时让爱横行，无疆界。沸腾的春天，春雨淋不熄花的火焰，桃红色的春天桃红色的你，鲜红饱满，千朵万朵，飞扬跋扈。

这是一个月光做的世界。潦草的相思，散乱的痴情，铺纸，研墨，濡毫，为你书一段狂草，赋一章前世今生的眷恋。胭脂色的爱，老墨般的情，不堪画。落纸轻了，只怕太媚，太单太薄；着墨重了，只怕太老，太拙太厚。爱你的清风明月，空灵洒脱；爱你的回眸一笑，嫣然妩媚；爱你顾盼生情，摇曳多姿；爱你的万种风情，侠骨柔肠。

或许，你是遗落在世间的仙子；或许，你是佛陀撒在红尘的莲花；或许，你是前世印在我脸颊上的红唇。千转百回，只为今生与我相遇，续一场前世今生的不了情缘。纵使相逢犹离别，眉弯里写满消瘦的时光，我们依然不离不弃，默默相守，在刹那里永恒。直到时光旧了，心淡了，爱熄了，情灭了，你不见了……我依然为你，执着守候，一千年，一万年，终不悔。

我本楚狂客，卿本俏佳人，今生遇见，不为倾城，只为贴紧你的温暖。至情至性，只为做真实的自己，听从心的声音，活成自己想要的那样，一片静海，一方蓝天，一个世外桃源。做自己喜欢的事，交自己喜欢的人，走自己喜欢的路。踏过绿野茫茫的草原，走过白雪皑皑的雪山，穿过荒无人烟的戈壁，与你赴一场千年的约会，与你爱一场地老天荒。只为在烟花三月，折一枝桃花为笔，为你写下风花雪月的故事……

第二十章

蝴蝶，
是会飞的花朵

（一）

　　有一种爱，不能在心中，只能在梦里。有一种相思，不能成为现实，只能是虚拟。有一种等待，绵绵无期。有一种怀想，虚幻而美丽。有一只蝴蝶，不能在怀中，只能在肩头。你是那秋蝶，我是那秋菊，在静美的秋天，彼此用幻想来依偎取暖。前世五百次回眸，换得今生擦肩而过，此生情缘难了。

人生就是残缺的完美，生命就是无边的等待，爱情就是钟摆的两极，一边是痛苦，一边是幸福，我们在两极里徘徊，轮回。百年的凝望，千年的等待，岁月在红尘深处，静美成明媚的秋天。那前世的情人，在千年的梦中，幻化为蝶，在思念的天空，翩跹成最美的诗篇。蝶，御风而动，清灵飘逸；蝶，超凡脱俗，惹人爱恋；蝶，上下翻飞，凌空畅游；蝶，空灵妩媚，动人心魄。

你用百年的相思，作茧自缚；我用千年的等待，修炼成精。在这美丽的秋天，你破茧成蝶，我盛开若菊。只为这匆匆的一刹，我们缠绵了千年。蝶儿娇艳，曼舞如花。菊儿沉醉，潇洒如蝶。蝶儿舞，菊花醉，谱写秋天最美的情歌。蝶与菊，本来就是一体，现实与梦幻，本来就无二。等君携手，夜夜凝眸期盼，难了情缘，就是一帘幽梦。你说：你是我的菊。我说：你是我的蝶。

菊，在秋天里怒放，只为他的蝶儿。一只等待千年的美丽蝴蝶。一只只能立在肩头，不能拥在怀里的蝴蝶。人生沧桑，岁月静好。在这个秋天，坦然面对，让襟怀坦荡，让爱成佛。在这个秋天，直面人生，让身心自在，让生命从容。明媚是忧伤的微笑，放肆是寂寞的挥洒。秋空湛蓝，秋水澄净，秋花秋月素净而沉寂。你翩跹而来，惊艳了江南的秋。你洗净铅华，淡然从容。你娇憨妩媚，回归本真。你寂寞深沉，率真美丽。你超然脱俗，冰雪宁静。

爱，无处不在；情，不增不减。那囚禁我们的，已一去不返。人生旅途，处处是美丽的风景。在心灵深处，你我就是彼此诗意的栖息地。让信心充满每一天，让希望挂满每一个枝头，让心胸豁然空阔，让思念淡淡的，让生命一寸寸慢慢绽放。爱，也可以是一份淡然，一份闲适，一份惬意，一份从容。蝶为菊舞，菊为蝶醉，爱也可以是一种欣赏，远远的、静静的，只为对方幸福。欣赏有时比占有更美丽，更接近生命的本真。

温柔似水流淌，在轮回的烟火里，幸福只是一种感觉，生命绽放又湮灭，爱情开了又谢了。想你，每年每月、每天每时、每分每秒。情难了，缘难了。你轻盈地飞舞，在我的梦中，在俗世凡尘之外。你就如那朵圣洁的莲花，静静开在我的心间。

你娇艳，飞扬，沉醉，在黄昏里，醉立在菊的肩头。你随风而来，随风而去，卷起一地红尘，掀起漫天花雨。我便摇曳一身的花语，任相思蔓延，情意绵长。爱缓缓飘落，落地成殇。一缕清风，一缕幽魂，氤氲成满地花香。淡淡的情，淡淡的爱，淡淡的恋，飞舞成蝶。

回首天之涯，寂寞弥漫，情缱绻。蝶说：我爱菊。菊说：我爱蝶。不知是菊醉了蝶，还是蝶醉了菊。

（二）

冬去春来，燕子归来。似水流年，尘世浮华，旖旎在繁花深处。可爱的云，多情的风，渐行渐远，渐渐迷失在江南迷蒙的烟雨里。风雨凄迷，落英缤纷。红尘悲欢，过客往来，只剩下一场烟云旧梦，一声长长地叹，滴落在时光的流里。

花儿芬芳了岁月，烟雨朦胧了过往，远去的背影，渐渐模糊。在芳草萋萋处，长亭古道边，遥遥成一抹淡淡的云霞，在夕阳西下时，轻轻飘散，在无边的烟波里。渐渐婉转，成一片凄凉的往事，静静唱响，一曲寂寞的离歌。

问世间情为何物？只叫人生死相许。人说多情反被无情恼，痴情总比无情苦，相忆不如忘却。可回忆却是伤口上美丽的花朵，开出凄美的痛，那痛的根深深伸进心里，云淡风轻、寂寞黄昏、午夜梦回，就会阵阵的痛！

思念如蛇，有时游离在心的旷野，舒适而清凉；有时在心的寂寞深处打盹，温馨而自在；有时紧紧缠绕在心的脖颈，整个人就像窒息了一般。爱，是一把锁；情，是一张网。在岁月的流里，我们可爱地执着，心痛地放弃，只愿今生不再想起。可谁能不再想起？漫步在桃林深处，那阵阵的疼，自心底慢慢涌起，弥漫全身。"去年今日此门中，人面桃花相映红。人面不知何处去，桃花依旧笑春风。"感受着淡淡的情愁，淡淡的惆怅，淡淡的痛。

孤独的侠客，无情的剑客，都在寂寞深处，婉约一轮明月。斟一壶思念，慨然饮下，疯狂了寂寞，悲伤了离歌，沧桑了岁月，冷暖了时光。人生何乐？莫如清轩听雨的淡淡清欢。时光的沙，淹没心城，在红尘深处想你，心便湮没于滚滚红尘中，你在红尘外，飘扬成飞的姿态，浪漫成燃烧的雪，星空下美丽的蝶舞。

在城的某个转角，你悄然出现，带着静静的，淡淡的微笑。清风一般来，白云一般去，挥一挥手的瞬间，依然天朗气清，波澜不惊。寂寞还是寂寞，忧伤还是忧伤，我也不能改变你，你也不能改变我，各自在各自的世界里，唱着平凡而美丽的歌。默默地擦肩，默默地相对一笑，我是菊，你是蝶，原来无言也是一种浪漫。只有那寂寞的咖啡，在记忆深处，缥缈成一曲遥远的歌。

谁不曾青春？谁不曾浪漫？那颗柔软的心，总在花开花落时流淌一地阑珊。白天不懂夜的黑，草原不懂海的深，流年不懂青春的痴狂，你不懂我的伤。一声珍重，那珍重里的无限深情，永远定格在岁月深处，在幽静无人处，轻轻吟唱。

也许再见，再也不见；也许寂寞，永远还是寂寞；也许我们的伤，永远只能在我们自己的心里淡淡流淌。午夜梦回，独对天边那一轮明月，总会想起远方的你。让忧伤化为漫天云烟缭绕，让孤独化为四海的涛声依旧，让思念如蔓延的春草，渐行渐远还生。只想对远方的你，轻轻说一声：祝你幸福，一生平安！所有的柔情，轻轻铺在你足下，祝你一路走好！

匆匆的窗外一掠而过的风影，萋萋的无边无际的芳草，漾着春光，荡着离歌。转眼已是天涯，心在这头，红尘在那头，中间隔着的是云烟。只愿在寂静无人的角落，静静想念，你的芳颜。天空突然很寂寞，听见你的呼吸，温柔的心跳，在花开花落之间。

天空并没有痕迹，而你已经飞过。那一对梦的翅膀，留下唯美的温度。你的身影，蝶儿般轻盈，花儿般美丽，云儿般潇洒，灵动在人间。你是我的蝶吗？那是一只能停在肩上的蝴蝶，低语着前尘旧梦。我的天空，蝶儿来了又去了，舞着一地的阑珊。爱，是一个不破的迷；情，是一道无解的题。心灵注定是孤独的影，在今生的风雨里踽踽独行。清冷的故事，本没有结局。前世五百次回眸，换得今生擦肩而过，对我来说，已经足够。

梦太长，忘了醒；情太深，恁缠绵。不说如果，难道曾经，多少挚爱凋零，真情流散。静观一朵花的开放与凋零，静听一片叶蓬勃与枯萎，静数那一场流星雨的浪漫。相思是一种毒，想念是致命的绳，那风与落花的忧伤，孤独与寂寞哀怨，爱到窒息的无奈，痛到不痛的迷惘，在向晚的风里，凭栏成淡淡的忧郁。

也许遇见，不如不见；也许相识，不如不识；也许相知，不如不知；也许相爱，不如不爱。也许转身，即已天涯。那山长水远里的想念，只是萍水一触的刹那，袂分陌路的永远。落雁平沙，小桥流水，花开花落总无声。所有的相遇，都是为了不见；所有的相聚，都是为了别离；所有的相守，都是为了漂泊；所有的绽放，都是为了凋零。

多情的怀抱，落寞的姿态，面对你渐行渐远的身影，站立成永恒的孤独。

我的天空，蝶儿飞过。

第二十章 蝴蝶，是会飞的花朵

第二十一章

爱是懂得，
恬然静美

（一）

爱如手中沙，抓太紧反而会从指缝间流失；情如水中月，试图捞起反而愈觉虚幻；红尘如镜里花，几场花开花谢就是一片水云。想一个人，就是把水变成泪；爱一个人，就是把泪变成血；恨一个人，就是把血泪凝固成美丽的玫瑰。忘记一个人，是撕开胸膛，剖开血管，把玫瑰一朵一朵地从里面掏出来，碾碎，踩烂，还原成血，成泪，成水。随着时光的流逝，有的伤口愈合了，有的永远也无法痊愈，等春风秋雨走过，依然会开出大片大片的繁花，长出无边的青草苍苔。

风懂得云的忧伤，云懂得月的寂寞，月懂得水的爱恋，水懂得花的心事，花懂得蝶的呢喃，蝶懂得风的温柔。一个人可以多少次，才可以做到无伤？心可以伤多少次，才能够做到无痕？年少时不懂爱，却那样执着地追逐与被追。年长时懂得了爱，却失去了爱与被爱的自由。失去了，才懂得珍惜；错过了，才懂得一次擦肩，往往就是一生。但错过的，都不是懂你的那个人，懂你的，永远都会默默地为你祝福，为你守候，一辈子。

懂得可遇而不可求，也许你苦苦寻了一辈子也找不到，也许你不经意的一个回眸，便发现了那么一个人。他是那么懂你，而你也是那么懂他，水乳交融，没有一点罅隙，仿佛就为你自己打造的一般。

这世间所有最深的真情，都源自懂得。有缘相知，真心相伴，灵魂便有了交集。懂得，是心灵的交汇，是一种心语；相知的两个人，在彼此默默无语间，因懂得让心有了贴近，那份柔情有了所系，心有灵犀。懂得，是一种牵念，让相遇的两个人心中彼此珍惜。世间成熟的爱情，也需要一种懂得，互相依存。不能相守的人们，心里懂得，有一种爱是看不见的容颜，却深深在脑海里；触不到的爱意，却浓情在两人心中。懂得，默默陪伴，无须海誓山盟，却也能相伴永远；有一种懂得，即使不言不语，却总会暖到落泪。懂得，是一种幸福；默默相伴，寂然不语，静静温暖，悄悄落泪。人的一生，都在寻找一个知音，一个与自己拥有着相近灵魂的人。高山流水，一曲相知。魂交集，心贴近，情相系，爱皈依。看不见，摸不着，却浓浓牵挂。不言不语，即已心灵相通。没有誓言，不要承诺，却日日相伴，静静相守。

　　人生的缘分，或许是早已注定的。白落梅说："世界上所有的相遇，都是久别重逢。"也许，每一个红尘路口，都有一个人在等你，默默地，用一生的年华，为你守候，只为一次倾心的相遇。如开满桃花的山野，不早也不晚，就那么遇见了，一个桃花面，猛然惊了心，艳了眼。你的眼，你的眉，你的酒窝，你的下巴，一颦一笑，一喜一乐，深深藏在心底，为你梦牵魂绕，心随你动。茫茫人海，总会有那么一个人，慢慢读懂了你，把你当成知己，彼此理解，彼此懂得，那便是尘世最美的缘，即使千里万里，心也紧紧贴在一起，天涯咫尺。

你的梦里有她，她的梦里有你，常在梦里相聚，心里便幸福满满，春暖花开。即使独处，即使感觉所有的人都背叛了你，世界上只剩下你一个人，也不会感到孤独和寂寞。因为总有一颗心与你在一起，有一双眼默默注视着你，为你牵念，为你祝福，爱你胜过一切。如父亲母亲，如兄长姊妹，比爱人更了解你，比情人更懂得你，比朋友更亲近，比亲人更贴紧心灵。也许你会说，这就是蓝颜红颜吧，有点暧昧，却比世间所有的情感更纯净，如金岳霖与林徽因，一辈子……

你若安好，就是晴天。风雨时，他会在你心头撑一把伞；黑暗时，他会在你心里点一盏灯；难过时，他会不厌其烦安慰你；哭泣时，他会给你一个胸怀；累时，他会把肩膀凑过来。他在的时候，你会感到温暖，体会到深深的爱意。他不在时，你会牵挂，为他担心"怎么了？不会有事儿吧？"

过马路，你会嘱咐他"注意安全!"天冷了，你会叮嘱他"多穿衣!"他也常常这样叮嘱你，一样的深情。

懂得，如一个童话，纯真，清静，不沾尘世半点尘埃。也许你认为它太过唯美，感觉有那么一点儿不现实，甚至有点害怕，怕缘分很浅，幸福很短暂，怕有受伤和遗憾。把这份迟来的缘，深深藏在心底，不与任何人提起，不想任何人知道，只藏在心中最圣洁的地方，生怕有人惊扰了它。常在无人之处，偷偷拿出来独享，感受两颗心交融的幸福和快乐。

(二)

我是爱花的，因为我生来就是一个善良、纯粹的人。常常想象，自己就是一朵美丽的花，静静开在净土之上，纤尘不染，忘记了所有。我的存在，纯粹为了绽放，仅仅只是为了美丽。莲开心中，我已不记得自己是谁，也许我本来就是一朵青莲，只是暂时忘了自己。不管风雨会不会来，不管岁月怎样流逝，我就这样静静的，绽放着自己的绽放，美丽着自己的美丽。

佛说，一切皆虚幻，一切都只是镜花水月。所有的爱恨情愁，所有的过去、现在与未来，都不过是心底的幻觉。端坐红尘，我就是这样随缘，安静地、无求地等你。只等你来，赴一场春暖花开，赴一场千年的约会。

浪漫的风，轻轻拂过，我看见了你，秋叶静美。沉静，安详，清逸，静美。

是怎样的一种美丽，可以把人的灵魂带入天堂？没有了时间，没有了空间，我知道这只是我一个深情的梦。如菊静美，静美如菊。我的感官，我的心灵，只有秋叶，只有静美。

在寂静里喧嚣，在躁动里沉静。秋叶鲜艳，每一丝脉络里，都有阳光走过的痕迹。透过阳光，看见你的笑颜，秋风萧瑟，落叶翩跹，挥洒着浪漫与痴狂，舞蹈着深情与眷恋。

在天空划出优美的弧线，书写生命中的暖，沉醉了这个秋天。落叶如花，如一个深沉的梦境。静，只能听见自己的心跳。这是一条通往天堂的心路，残红如血，铺满诗篇。闲暇的日子，在心底，修篱种菊。

荷锄，提一种竹制的小箩，沿着山路，一直走进秋的深处，寻找"远上寒山石径斜，白云深处有人家"的意境。峰回，路转，常常迷失在烟云深处。轻轻弯腰，拾起一片红叶，一朵用生命燃烧的火焰，夹在书中。

让她与我的文字融为一体。采菊东篱，心便有了超然物外的洒脱，清风明月，自在心。亲手种下一些爱，一些不了情，一些未尽的缘，只等来年，生根，发芽，绽放。秋叶红了，情浓似火。在悬崖峭壁，在田间地头。冷，而狂热；静，而鲜活。层林尽染，鹰击长空，有哪一种生命，这样静美？这是一种平凡的，朴素的美。

落进音乐，融入画图，听见自然的呼吸和大地的心跳。喜欢"留得残荷听雨声"的禅境，也喜欢"心远地自偏"的寂静。沉醉枫红，沉醉秋声，沉醉秋韵。采一朵雏菊，撷一片秋叶，不言不语，心已通透。

把自己缩小，放进花里，任花香透进骨子，馨香在骨子里流淌；把心灵缩小，融进叶里，任叶脉在心底蔓延，生命里有了叶的精神。一花一世界，一叶一菩提，一沙一净土，一木一浮生。露珠从岩石上滴落，带着缥纱的笑容，莲，静定无语；星，点燃夜的魅惑；烟岚，摇曳迷离；花朵，开得那么从容；秋叶，美得那么动人；灵魂那么轻，心那么柔，身那么静，路那么远……

落叶是一种心情，盖住了过往的脚步。时光隐约探出头来，轻轻捎来一声问候。还记得山坡上那朵野百合吗？总是把泪灌满脸颊。不管远处，是僧庐，还是草舍，我都会记得你。

不管爱与不爱，你都在我心里，不来不去，从未远离。总在清晨和傍晚，时不时要看上一眼，你还在不在？不关风月，不言悲欢，就这样沉溺，不浓不淡，不远不近。感受生命的暖意，心灵的慰藉。

白落梅说："世界上所有的相遇，都是久别重逢。"其实，每一朵花，都有自己的因果；每一片叶，都有自己的前缘。感恩相遇，感恩前缘，感恩每一丝感动。或许我是一个热爱阳光的人，不然怎会这样酷爱温暖？

生命的质量，来自心灵的纯净。清空所有的所有，让心通透，让阳光照进来。渴望善良，渴望纯真，渴望爱与被爱。静静走在秋林，与秋叶来一场邂逅，独享这超越世俗的静美。叶落无声，相遇最美。拈一片秋叶贴紧胸怀，许你前世今生的眷恋。那是灵魂的紧贴与融合，浑然一体，定格成醉美的画面。你中有我，我中有你，再也分不出彼此。

所有的呼吸都是：爱你！

所有的心跳都是：想你！

世上没有一颗完整的心，所有的心灵，都是残缺的，残缺即完美。当两颗相爱的心，融为一体，分不出你我，便是超越红尘独一无二的绝美。我爱，故我在，默然相守，静静相望。在秋叶里沉醉，在秋叶里安眠，在秋叶里安放疲倦的灵魂。弱水三千只取一瓢，千万朵花里只摘一朵。只要这样沉静，枕着秋叶入眠，在梦里静听温柔的你呢喃，深情地低语……

生命，是一场又一场的轮回；灵魂，是一场又一场的邂逅。唯有这颗不变的佛心，清楚地照见你，我前世的情人。在这个秋天，必会与你在红尘的某个路口再见，彼此记起，彼此相爱，彼此相拥着，把灵魂带入净土……

第二十二章

朱砂痣，
一生疼

（一）

　　远山，烟树，寒江。古寺，荒径，闲云。回眸远望，半个小城尽收眼底。独居小城，闲来无事，趁着周末，踏上一条通往高山寺的路，寺院在山巅之上，柳宗元曾经住过的。青石板的台阶，少有人来，苍苔和蕨类植物遍布，路旁蒿草也长了一人来高。

　　我不想拜佛，也不想烧香求取一些什么，只为一种心境，闲来转转，仅此而已。你那里下雪了吗？网上看到这样的文章，心便簌簌地飞雪了。人生最快意事，莫过于煮雪品茗，红泥小炉，有几个朋友，三五知己，一个知心爱人，温一壶旧年的月光，摘几颗记忆里的星辰，和着烟云也似的往事下酒。一人一口，人要半醺，酒至半酣，走路半摇，说话舌头也有点大。此时心朦胧意朦胧眼朦胧，闲敲棋子，慢吟诗书，任雪在心底飘落，静谧无声。

　　城里上空，一场场美丽的烟火，升至半空，炸开，散落一地尘埃。有人说，青春是用来祭奠的，爱情是用来凭吊的。人生中无数花好月圆，无数倾城故事，一句句心疼的话语，痴缠的泪，生生世世不尽的宿缘，都在暮鼓晨钟、袅袅梵音中里得到净化。寺院里烟雾缭绕，缓缓升起，与江南的烟雨融为一体。

　　你端坐在蒲团之上，手持佛珠，轻念佛号，木鱼声声，梵音阵阵，却无法了断前世的情缘，念念都是我。你说，我就是你的佛。

　　执念似胶如藤，身子花骨瘦尽，红颜薄尽了浮生，早已物是人非，岁月蹉跎了缘分。谁把相思种在梨花下，谁把青丝熬成了白发，谁把咫尺刻画成天涯？挽不住的繁华，留不住的曾经，在一声声佛号梵唱中瘦减了韶华，消隐了青春，花还在，人天涯……

（二）

真有点冷了。这是冬天了，渴望有那么一场大雪，似燕山的雪，大如席；似北国的雪，绵软如鹅毛；似江南的雪，轻盈如柳絮。洁净，冷冽，随风舞雪，洋洋洒洒，铺天盖地。那时，落了片白茫茫的大地真的干净了，那时也会"千山鸟飞绝，万径人踪灭"了。在漫天飞雪里，撑一叶小舟，披蓑戴笠，寒江独钓，更是一种浪漫。即使不去钓鱼，也可在老家瓦房里燃一灶膛大火，煮酒，烹茶。一家人围着大火，闻着柴香和酒香，看着沸腾的火锅，闲话慢饮，听冰粒儿有韵地敲打瓦檐，也是一种乐事，直到大雪纷纷扬扬，把房顶弄白，直到天地一色。

冷风吹来，身上一阵激灵，冷！紧一紧衣裳。金黄的树叶，随风飘舞，撒落一地。是风的追求？还是树枝的不曾挽留？也许都不是，是一种缘吧，随其自然，这样也好。风吹得了落叶，却吹不散思念，爱情是一场沉沦，陷得最深的总是伤得最深。叶随风舞，前尘往事也一一随风飘远。爱如毒，情如城。明明知道有毒，却无法摆脱，甘愿沦陷。待到缘分散尽，亦是落英缤纷，黄叶飘飘，如能笑对，就是一种禅悟。

江南烟雨，如恨似愁，千丝万缕，绵绵不绝。登顶，回望，只见一城烟雾，山水迷蒙。这是一座心城，泪做的城，曾经的故事依然开成朵朵黄花，遍布大街小巷。你的影子，是雪地里的那一抹红，所有的繁华褪尽，依然在平淡的流年里独醉。你都忘了吗？这一城的飞絮落花，梅子黄时的雨。原来，解脱往往只需轻轻一个转身，绚烂的，纷繁的，都会归于平淡，融入简单。

（三）

北国的网友们发来雪的照片，看见南国少见的雪，羡慕得不得了。好想，好想，今夜就下雪，真的，下一场故乡的雪，最好是大雪，给喧嚣的世界带来一点清静。好友星空下的蝶舞，发来一张自家花园里的照片，两朵野菊花，静静开在她的院子里，在冰冷的雪里。北国零下十几度的寒冷，野菊花居然开得那么灿烂，淡黄的花瓣，金黄的蕊，微笑着，美丽着。野菊是忘我的，它的生命，只为这一场盛开，在冰雪里，依然能浑然忘我。

野菊花也是简单的，简单得只剩下一个灵魂，把她的诗，写在冰雪里。即使冰化缘散，也阻止不了她面朝阳光，温暖花开。犹如热恋，就是地狱，也要勇敢跳下。有人说，爱是一场宿命。世界上总有一个灵魂，在到处寻你，而你也在等她，找到了，便会奋不顾身，就是地狱也认了。

雪静静地下，在北国，天地一色，而我在温暖如春的南方，感受北国的冰冷。心里一半净土、一半红尘，一会儿热、一会儿冷，这就是冰火两重天吗？耳边响起你的呢喃，你说你曾在我的心里留下过泪，不管我在哪里，也会记得你，逃不掉的。此时我的眼前出现一幅画面：也许就如此吧，一座古寺，一个禅者，一树梅花，青灯黄卷，木鱼声声，空旷，沉寂。一朵艳丽梅花忽然心动，悄然地落下一滴泪，那泪恰好滴在禅者的心底，那泪生了根，发了芽……

感恩相遇，感恩美丽纯净的你，你如一个世外的仙子，不沾半点儿尘埃。一瞥惊鸿，百转千回，云淡风轻，深深念，浅浅笑；一见如故，心有灵犀，默默相伴，倾心，焚情，贪爱，依恋，不问来处，不问归期。虽然，每一次相遇，只是为了下一次的别离；每一份相守，都终会离散；虽然步步倾心，终会相忘江湖。懂得，相知，相爱，相拥，世上最浪漫的事，莫过于灵与肉的交融，可我们只能在梦里。

人说心事随落花，相遇付流水，繁华成旧梦，好梦容易醒，红颜多薄命，真爱惹天妒，花开极致是凋零。繁花落尽，总会有太多寂寞，太多不舍，太多未了的情。且让我在良辰美景、月色如水中把你眷恋，即使佛说一切皆空，即使最美的故事总是最凄凉的结局，即使最后会彼此相忘于江湖，缘尽成灰。我依然爱你，执着，贪恋，今宵醉一回，历此红尘劫。

（四）

古塔的翘檐上，几只挂了千年的铃铛，长满铜绿，如雨中坠落青涩的果，菩提果。也许，我就是寺院青瓦屋檐下，那些冷冷的雨，滴了千年，也没有找到回家的路。不是我不想回家，是因为有一个人，在尘世找我，我得等她。

围着庙宇转了一圈，摸着石头堆砌的围墙，感受岁月的沧桑。读白落梅的《我不进寺庙好多年》，也是这般心境，向往，却不肯进。白落梅说她曾在寺院的门外，独自静坐一夜，此种心境，只可意会不可言传。我也是一个这样的人，只喜欢在院子外面游走，或许是尘缘未了吧，或许是等待着什么，等一段未了的情缘，前世，我答应过她的。

你不来，我不敢老去；你来了，我又怎么舍得离去？你是一个活在自己世界里的傻子，可爱的，傻傻的，不食人间烟火。一个永远的孩子，一个不小心掉落红尘的天使。靠近你，纯净我，生怕玷污了你。

佛乐声声，梵音阵阵，洗涤世俗的心。心与佛合一，心也与你合一，天涯咫尺，凡圣合一。冬天来了，春天还会远吗？铺一张素笺，拈一支瘦笔，落笔满纸云烟，前尘往事如江南烟雨，朦胧了来往的风。人说再美丽的故事终经不起似水流年；再深的情感也抵不过时光的平淡，一切皆有因，一切皆成缘。人世间的爱，不过是镜花水月，一场空。

你道是金玉良缘，我偏爱木石前盟，宝黛情深，风月情浓。一个是妄自嗟呀，一个是空劳牵挂。一个是镜中花，一个是水中月。莫思量，故事里多少花开眷恋；莫再问，尘世间里有多少不了情。人世间的情，是无根的萍，萍聚萍散，只是一场场过眼云烟。花开惊艳，花落流泪，回眸，擦肩，执手，缘起缘灭……

前世五百次的回眸，换来今生的一次擦肩而过，百年修得同船渡，千年修得共枕眠。今生，寻缘而来，三生石上的旧盟，你是否还记得？忘了就忘了吧，相记不如忘却。

（五）

走过寺庙，就到怀素公园了，这个唐代的狂僧，据说是个风流和尚，狂草风流，人亦风流。我爱他的狂草，胜过爱自己。绿天庵下的石碑，曾经有他的草书，数年前，我经常抚摸上面的文字，感觉怀素当年的心跳，那字里行间的风韵，迷倒年少的我。如今沧桑的碑刻，居然无字，无情的岁月，带走了千年的潇洒。独对无字之碑，了悟万法空相，原来一切本空！

独自行走，幽深巷陌，寻找少年的足迹，一切如故，只是自己的容颜变了。少年独行，壮年亦如是。我合群，也孤独，也许骨子里本来就是一个热爱清静的人，偏爱独处，喜欢清冷。但也喜欢热闹，却不爱俗世，厌倦世俗的人群。今生只喜欢与花缠绵，与草木交心，与天地共禅，如此，甚好。独自安静，千般落寞，也不畏不惧，快乐从容。路悠远而僻静，道旁到处都是菊花，还有许多不知名字的花，我也不想知道，无名，更接近于自然，比较于人为的东西，我更偏爱自然生长的。

　　我喜欢山涧溪水，流云远山，酷爱纯净的本性。让心在尘世里开成一朵莲花，无根，无茎，无叶。我心如莲，纯洁，高贵，清静。无论是穿上僧袍，还是脱下僧袍，都是为你。暮鼓晨钟，禅院寂静，将心悄然安放。在山之巅，在水之湄，独自一人，静静聆听岁月走过的足音。错过了今生，错过了人生最美的时光，错过了所有，但愿来世，与你再续一段未了缘。

　　你说原来灵魂是有记忆的，遇见我，沙漠开出了花。"花乱开，书也不要读，醒来已千年，独自怀抱妖娆艳丽的桃花。"喜欢这样的句子，因为我还有爱，我的心，还活着。我爱，故我在。

张爱玲的《红玫瑰与白玫瑰》中写道："每个男人一生大概都会爱两个女人，一个是白玫瑰，一个是红玫瑰，当你得到红玫瑰，她便成了墙上的一抹蚊子血，而白玫瑰就成了床前明月光，当你得到白玫瑰，她便成了衣襟上难看的白米粒，而红玫瑰则是心口永远的朱砂痣……"

今生，你是我胸口一粒艳红的朱砂痣，朱砂痣里流出了泪，印在我心底，如一朵梅花。雪花飞舞，相思成蝶。

千年前的等候，化作今生的邂逅，红尘有泪，滴落，于这个下雪天……

第二十三章

朝云暮雨，
人比黄花瘦

（一）

爱情是一句誓言，海枯石烂后情缘依旧；

爱情是一个憧憬，远远的就在眼前，却有千里万里的

距离；

爱情是一种执着，沙漠创造绿洲，枯木上开出繁花；

爱情是一种忠诚，冬雷阵阵夏雨雪，天地合，乃敢与

君绝！

爱情是一种守望，一眼，一念，一生相思；

爱情是一种虔诚，我摇动经筒，升起风马，你静静站立，静默成我心中的佛。

天阔，地迥，云徘徊。细雨，微风，庭院深深。瑟瑟秋风，吹走惆怅，冷冷的，没有一丝感情，人生呼吸间，懂了的不必懂，不懂的也不想再懂。有的东西，就是用一生的时间也无法再懂，譬如爱情，譬如人生。前程未卜，过往太远。很多事，一眼就看透；很多人，穷尽一生也没法懂。爱了就爱了，散了就散了，尘缘前定，往往一嗔一念间，戏已落幕，曲终人散。蓦然回首，山水依旧，云烟苍茫。

山水田园，一路蜿蜒，静静横斜在绿荫深处。一书，一画，我自从容。静静拾起一片落叶，宛如一只空中飘零凄美的蝶，如发黄书页里的诗句，带着一点淡淡的清香。黄绿相间，写满斑驳的岁月，沧桑，静美。

听风，沐雨，观荷，醉月。自然是生命的色彩，爱恨是人间春色，一个回眸，一个羞涩，便动了心，痴了情。看花花喜，抱月月醉，眼角眉梢都是恨，念念都是你，缠绵成我心中的佛。

总以为爱一个人就会地老天荒，寂静的庭院，却是空空如也，只留下尘封柴扉，一地寂寞的野花。树空瘦，影空叹，只有旧时明月，常常来相照。回首，天真的你我，依然在那一树繁花下，紧紧依靠，对着缤纷的落英痴痴微笑。

一剪红尘，相思无数，墨染流年，醉了风尘倦客。瘦水寒山，佳人如玉，一弦离歌肠断！念去去，千里烟波，有多少转身即天涯。诗写芳华，书香依旧，一曲歌罢，鬓飞雪！

一人，一篮，一锄，桃红满地。黛玉葬花，也许只是一种重演，数年后，你我又是一场轮回。

爱是什么？也许仅仅只是心底的幻觉，我们爱的也许只是我们自己。苦苦寻找的，原来只是另一个自己而已。今生，只为与你相遇，不问缘深缘浅，不问归路。

（二）

夏有荷花，秋有菊，不管我们有着怎样的节奏，季节总是不紧不慢地迈着它的步子，一任从容。喧嚣的，归于沉寂；繁华的，归于清冷；灼热的，归于冰凉。不知心底还有多少温度，可供冬季来临时，取暖。把婉转的心事默默蕴藏，让如水的光阴滴落指尖，烟云弥漫纸张，笔底流出诗行，也是一种浪漫。就着一壶清茶，慢慢打开心扉，许多年不敢重提的往事，经过岁月的沉淀，如沉香，历久弥香，如蚌中的沙，慢慢有了晶莹的光彩。

有时候，听到一首老歌，就突然想起一个人。年少的我们，不是因为不爱，而是因为不会爱，不是因为不爱，而是因为不懂爱。有暗恋，有绝情，其实心底爱着却不敢表白。唯有把这份情感深深埋在心底，慢慢独自体味，酿成醇酒。其实明明爱着，却变着法互相折磨，痛着，快乐着。悲伤着，幸福着。

爱情是两个人的事，不爱，也是两个人的事。爱情中，没有人全身而退，对方都会给你留下各种烙印。只是有的人愈合得快，有的人用一生也无法治愈伤口。爱是一种痴念，也是一种贪心，我常常想：我们为什么不能把感情凝固？凝固在一个最美丽的时刻，不必前进，也不会退后。

岁月流逝，不能流逝的是记忆。佛说："刹那即永恒。"打开厚重的诗卷，一首首古老的诗，仿佛一个个不死的灵魂，美丽，多情，悄悄贴紧胸膛，身体里便突然有了温度。历史的风烟，仍无法埋没老去的诗句，诗在花里，也在水云间。

一册竹简，一座青铜，一袭旗袍，一个青花瓷瓶，历史便清晰起来了。再加一缕烟，一阵雨，一轮长河落日，旧山河，隐约就可以听见金戈铁马的声音，隐约可以听见佛歌的声音，隐约还有少男少女的欢唱，深闺的嗟叹。

总以为走了很久，已到达梦中的远方，其实当我们到达山顶，有时会立即发现，所谓的"山顶"，不过是下一座山的山脚。学佛的人说："学佛一年佛在眼前，学佛两年佛在心头，学佛三年佛在天边。"伸出手，满以为可以抓住那座山，走近了，才发现。可以抓住的，不过是山脚的一粒小石子而已。更多的时候，是一掌冷冷的雾，伸手容易缩手难，想要回头，已经前不靠村后不着店了。

爱，不可回头；不爱，也无法回首，艰涩的脚步依然疲惫又匆匆。想忘无法忘，想念无法念。人生总有一些惊喜，不经意间刻在心底；人生总有一些遗憾，教会我们珍惜拥有。且行，且珍惜；且歌，且清静。红尘看破，过往抹掉，就是大自在。俗世的烟火，亦是净土莲花，且做一个从容自如的行者，观云卷云舒，看花开花落，不必端坐于蒲团之上，亦可安之若素，静享年华。

野径无人花自开，野渡无人舟自横，喜欢这样的意境，有点野，有点闲，懒懒的，不贪不痴，一任天然。红楼繁华，终归一梦；唐风宋雨，亦是烟云。穿过千年的沧桑，《诗经》犹如一个裸体的少女，静立于蒹葭水湄，洗净铅华，回归自然。重新捧起，如获至宝。其实看山是山、看水是水的境界，仍然是看男人是男人，看女人是女人。顺其自然，不沾不染，不躲不避，方是清静。

"彼采葛兮，一日不见，如三月兮！彼采萧兮，一日不见，如三秋兮。情爱千古同，人生，不过是一场轮回而，一日不见，如三秋兮！彼，如三岁兮！"你就是那《诗经》里那个采葛的女子，一眼暧昧，一心想念，一生相思。爱，肆无忌惮；情，天荒地老。

（三）

爱情本身就是一本书，翻过无数遍，每一遍都会读出不一样的深意，年少读出痴狂，中年读出醇厚，晚年读出平淡，其实就是一个自然而然的过程。在这本天书里，不管你用不用心，都会渐渐成熟，渐渐悟透出爱的真谛，爱，仅仅只是爱，仅此而已。相遇、相知、相爱，总在一种微妙的时间和空间阶段画出不同的弧线，美丽，忧伤，痛苦，狂热，心不知所以，而一往情深。

"爱是一场输不起的豪赌。押上全部赌注以后，如果赢了，我们将赢得终生幸福；如果输了，留下的只有道道伤痕。明知输不起，偏偏还要赌，劝也劝不了，拦都拦不住——这就是爱情的魅力所在。总以为爱情可以填满人生的遗憾，然而，制造更多的遗憾，却偏偏是爱情。阴晴圆缺，在一段爱情中不断重演。"今生，我们都是一个疯狂的赌徒，我用青春赌明天，你用真情换此生，只愿长醉不愿醒！红尘如幻，一笑而过。潇洒的人潇洒，痴迷的人痴迷，忧伤的人忧伤，痛苦的人痛苦，幸福的人幸福。有人癫狂，有人浅笑。

有一种爱叫刹那美丽，有一种爱叫刻骨铭心，有一种爱叫有缘无分，有一种爱叫地老天荒，有一种爱叫一念幸福，有一种爱叫海枯石烂，有一种爱叫宽容理解，有一种爱就叫一辈子，爱是你我一辈子的幸福，爱更是你我一辈子的拉手。

"死生契阔，与子成说。执子之手，与子偕老。"好想与你爱着，念着，牵挂着，就这样手拉着手，慢慢变老。

时光荏苒，慢慢懂得人生是在曲线中前进的，太多的起伏，太多的千转百回，月有阴晴圆缺，人有悲欢离合，此事古难全！没有一片天空永远晴空万里，没有一个人的心灵永远一尘不染。坦然面对，从容应对。顺境时，多一份思索；逆境时，多一份勇气；成功时，多一份淡然；彷徨时，多一份信念；心之所到，便是希望所在，心存希望，永远都有活着的意义。

"每一个人的一生都会遇到一段撕心裂肺的爱情。当你以为你爱上了一个人时，也许只是爱上了恋爱的感觉。"爱情是一粒种子，只有懂得给予，才能开花结果；爱情是两情相悦，有缘的人，才能共享。或许我们爱的只是恋爱的感觉，或许这一切犹如海市蜃楼、空中烟花，但那缤纷与绚丽，值得用一生去感受、去回味。

我始终相信爱情，也有因果。此刻受的伤，有那么一个人用自己余下的生命时光去爱你，心疼你。爱，也守恒；情，也归零。每个人，都有自己的红楼梦，幕起幕落，就是一生。很多爱，来不及说；很多泪，来不及还；很多情，来不及缠绵。那就来生见！为伊消得人憔悴，衣带渐宽终不悔！

第二十三章　朝云暮雨，人比黄花瘦

179

第二十四章

衣袂临风，
谁念西风独自凉

（一）

　　秋空，纯净。秋风，入怀。蘸墨，画一笔秋，小池，残荷，乱石，秋雨，荷上一点朱砂，肃杀中便有了一点暖意。

　　静无人烟，归隐山林。张爱玲说："不要认为我是个高傲的人，我从来不是的，至少，在弘一法师寺院的围墙外面，我是如此的谦卑。"红尘，是槛外的一朵花；净土，是槛内的一朵莲。

浓墨写骨，淡墨写意。浓淡之间，一片留白。人闲，花落，夜静，山空，月出，鸟惊。人生动静之间，静到极处，便是动；动到极处，便会静。空到极处，变成色；色到极处，依然是空。心动，一念红尘滚滚，柳绿花红；心静，一念尘埃落定，秋水长空。

花是色的归宿，林是鸟的归宿，天空是云的归宿，大海是水的归宿，沙漠是沙的归宿，心是一切的归宿。一瓶净水，一茎双叶，一花六蕊，一朵紫罗兰，静静待在花瓶里，高雅淡然素净。水花俱静，玻璃瓶透明，黄色的蕊，却随风动。蕊动？风动？心动？

有一种情叫作思念，有一种爱叫作动心，有一种念叫牵挂，有一种想叫暧昧。

爱了，心动了，在乎了。因为爱得深，所以会痛；因为爱得真，所以会疼；因为疼痛，所以难舍；因为懂得，所以慈悲。

花也有爱？风也有情？不然心动干吗。心动了，就会看见红尘，见色是色，见情是情。因爱故生忧，因爱故生怖，堕入生死轮回，不得解脱。爱了，小气了，眼里只有一个人，心里只有一个人，心为你跳，情为你动，是蛊？是毒？没了你，就是万箭穿心，毒瘾发作，生不如死。倾情了，在乎了，一举一动，都牵着肠，挂着肚，眼里是情火，心中是暧昧，相聚，欢畅；离别，肠断。恨不得融成一块，和上泥和水，捏一个你，捏一个我，抱成一团，搂成一块，你中有我，我中有你，再也分不出你和我。

痛得爱了，爱得痛了。人生就是一场虐恋，越自虐，越痛快！真情难求，所以珍贵；感情难懂，所以求索。人若无情，草木一般闲。人若无心，云水一般静。缘分如流水，世事若浮云，人心靠不住，毕竟东流去。

痴心的，心痛；多情的，情伤；爱是尘埃里的花，虽然卑微，但很唯美；情是欲海里的缘，虽然牵绊，却很有味；相拥，是火；转身，成冰。人生是一条寂寞的长廊，风过，雨过，阳光照来，又是繁花遍地。每一丝风都是问候，每一滴雨都是泪水，每一缕阳光都是温暖。心与心交集，情与情相融，如春风深吻花朵，春雨拥抱小草，春阳缠绵云水。

善待生命，善待自己；热爱生活，热爱自己；拥抱明天，拥抱自己。所有的相遇，都是前世的缘；所有的离别，都是今生的果。世界上总有值得一爱的人，亦有可以掏心掏肺的知己。所有的擦肩，要有五百次的回首；所有的相遇，要有千年的缘，轻轻一句：我的心，你懂。又何必在乎地久天长？

（二）

世象迷离，所有的归宿，都是空。君自空中来，还自空中去，相聚都是缘，路过都是景，缘来则随，缘去则忘，人人都是客，说什么永远不永远。一个凝目，便是交集；一个转身，已是陌路。再回首，云山雾海，过往难寻。路千转百回，人咫尺天涯，与其在旧梦里沉沦，不如学会放手，不言不语，不闻不问，也是一种慈悲。

闲依小窗，对月独酌，万种心事，千种相思，都付与花草树木，一卷诗书。人半旧，心半旧，物半旧；月半旧，花半旧，风半旧。在旧时光里偶尔翻出一滴旧时的泪，一点旧时的雨，甚至一朵旧时的花，一幅旧时的墨迹，一段旧时的心情，也有莫名的感动，丝丝的温暖。年轻时，不懂爱，却狂热地追逐着，忘情地爱着，以为可以地老天荒；人到中年，慢慢读懂了爱，看透了情，却如饮酒，醉过千遍万遍，看到酒，有点怯场了。

感情的事情永远不存在公平而言。爱一个人，不需要任何理由，喜欢一个人，不需要任何借口。山川因大地的依附而雄伟，大海因浪花的翻腾而壮美，男人因女人的存在而不孤单，女人因爱才更美丽。爱，需要付出，更需要回报，爱没有界限，只有底线，轻易触碰伤人害己，远近适宜才有尺度。如爱，请将理智深埋在内心，若爱，请珍惜缘分的来之不易。

时光的每一次流逝，都在验证着沧桑的铸就。斗转星移，迎来了无数的日升日落，那些青葱的岁月，转眼丢在了背后，成了光阴中的沙漏。曾经握紧的双手，在轻易地放手间，消失在回忆中，淡出了视线，修建了一座空荡荡的城。一句懂得，让曾经相知相惜的人，便穿越万水千山来赴一次心灵的盛宴。你懂得，不是因为慈悲，而是因为你已经走进了我心里；你不懂得，不是因为厌恶，而是因为你与我隔着心的距离。

心与心到底有多远，爱时是大海，也是草原；不爱，是戈壁，更是沙漠。如果爱已成过去，犹如手中沙，不如扬了它！若爱，请深爱；不爱，请离开。爱是人类最美丽的语言，爱可以无言，一个眼神，就是万语千言；爱可以无语，一滴眼角的泪，就可以比海还深，比熔岩还热，可以湮灭一切；灼烧所有。

（三）

月满西楼，几多愁？苍穹无语，谁解心曲？几多相思染黛眉，年华无悔！月清冷，群山失色，望银河，相思成灾，罢，罢，罢，万般柔情，空留佳话，冷落芳华！

红尘恋，清欢浅浅，梦不相连。转朱阁，低绮户，风尘无路。淡相思，深深怨，浮华尽散，何处觅尘缘？春花秋月，几度寒暑，关山万里情难阻，一片冰心在玉壶！

肩上蝶，袖底清风，如烟归去，散落天涯。碧波亭，繁花似锦，翘首天涯何为暖？羽翼化蝶，衣袂飘飘，怎能红尘恋？惜别，痴念，月残上弦！

桃园恋，山水相依遥相盼，余恨绵绵。常相思，空负桃花堪折枝，情待何时？碧云天，苍穹高远，今昔别梦寒，琵琶私语泪涟涟，往事随云烟！

回望我们来时的路，曾经懵懂，曾经桀骜不驯的那个年少的我，如今已经不复存在。时光如梭，仿佛一切有关青春年华的印记都成了过去的回忆，变成了永远的昨天。一次次问自己，除了年轮的增长，除了烦恼的叠加，除了生活的琐碎，除了酸甜苦辣，自己还留下了什么值得回忆和珍藏的呢？岁月如同一把磨刀石，它磨平了我的棱角，沧桑了容颜，冰释了内心的欲望，将自己投入了忘我的虚空之中。

难道这就是真相？"一切一切的起因，只源于我的贪婪，我向生命索求一种无止境的激情与狂欢。仿佛山泉喷涌，可以永不停歇。（仿佛水畔的传说，永不湮灭）于是，很快就到了尽头。到了最后的最后，在极远极静的岸滩上。我终将是那悔恨的海洋。"

总觉得一份值得珍惜的感情，不是鲜花和拥抱，也不是眼泪和虚假，更不是牵手一生的承诺。感情，需要从心出发，能彼此懂得，能互相牵挂，能心有灵犀，一句话，一首诗，或者一个眼神，都出自心灵的交汇。不论尘世间哪种情感，都需要经历一个过程，能走进内心的人，其实不多，能真正陪伴一生的人也寥寥无几，时光不待，鲜花也不会常开不败，只有发自内心的感动和温暖才能触动最真的情怀。天地太大，装得下万物，让其中的你我犹如尘埃，但却留不住时光。

天地太小，一眼心动，一念相思，却要用一生来忘记。

月满西楼，水瘦山寒，孤影更比岁月长，谁念西风独自凉？

第二十五章

隐隐青山，
还君一滴朱砂泪

　　一曲听罢，飞花漫天。莫道衣襟随风，只念拈花一笑，一纸情长。情落笔尖，缱绻；雨洒窗前，微凉。青山隐云海，清风独自闲，眉间心上，一点朱砂泪。

　　历尽红尘劫，淡看红尘缘，咫尺天涯，回首，一盏孤灯。花醉花泪，花魂碎；缘聚缘散，缘成空。今生与你相遇，是我最美的缘，多少深情的过往，化成淡淡的忧伤，流淌成潺潺的小溪，汇聚成苦涩的海。海，深远浩瀚，博大宽广，谁知他的苦？

今夜无眠，任冷冷的雨，敲打平仄的韵脚，轻轻走过，那风曾经居住的街道。窗外雨声潺潺，窗内孤灯一盏。落寞的思念，伤了雨，疼了花。静跪佛前，悄拾取，那一滴佛陀泪。

一个不经意的转身，即已天涯；一个不经意的回眸，即已眉间心上，驱不走，灭还生。多少红尘旧事，忍把流光辜负。命运千转百回，情如烟花，绚烂绽放的瞬间，即已注定幻灭。任爱穿越苍穹，在南国的烟雨里，淡淡的水声里，举着碎花小伞，款款走过，青石小巷，听闻叫卖杏花的童音。

古老的木门轻轻打开，海棠依旧，青石桌椅依旧，那依窗独坐、对月独酌的女子，去了何方？凝眸，寒烟衰草，残阳如血，滴墨成伤。谁在远处清唱？隔着万里的云山，隔着千里的烟雨："长亭外，古道边，芳草碧连天。晚风拂柳笛声残，夕阳山外山。

天之涯，地之角，知交半零落，人生难得是欢聚，唯有别离多……

天之涯，地之角，知交半零落；一瓢浊酒尽余欢，今宵别梦寒……"

自古红颜多薄命，情痴皆成病。月冷旧地，泪洒清风，花谢花开无数。

素描一幅，淡静时光，任诗的足尖，轻轻走过黑白岁月，留下一地阑珊。时空流转，缘起缘灭，缘深缘浅，只是浮生一梦。人生苦短，譬如朝露，阳光出时，露珠却逝。摘一朵月光的洁白，夹入书卷，让它照亮斑驳的诗句。爱，不需要语言，一眼就够了；情，不需要诉说，一念就够了。沧海桑田，留取心中的暖。人生有无数夕阳西下，亦有无数日出东山，只将英雄豪气，化作倚天剑、屠龙刀，削去万里云山，还碧天澄澈。

轻轻闭上眼，触摸你的脸颊，触摸你手心的温度。梦幻如雾，随风飘散。有什么办法，可以让心温暖？让心了无牵挂？冷月照千江，千江冰冷月。感伤，是一张多年未弹的琴，轮回在红尘渡口，那纤纤玉指，伊人何在？纤云弄月，飞星传恨，自是人间无限憾。谁未曾有恨？谁人生无憾？只留下千疮百孔的心，如海浪敲打潮音洞，日日夜夜，犹如梵唱。

是真的不伤了吗？是真的放下了吗？是真的无怨了吗？露珠入花间，点点滴滴，都是爱的呓语。

"在年轻的时候，如果你爱上了一个人，请你一定要温柔地对待她，不管你们相爱的时间有多长或多短。若你们能始终温柔地相待，那么，所有的时刻都将是一种无瑕的美丽；若不得不分离，也要好好地说一声再见，也要在心里存着感谢，感谢她给了你一份记忆。在长大了之后，你才会知道：在蓦然回首的一刹那，没有怨恨的青春，才会了无遗憾，如山冈上那静静的晚月。"

青春无怨，人生无恨，心无痕，海浪涌上海滩，带去深深浅浅的脚印，那些歪斜的脚印里，哪只是你？哪只是我？只剩下一海的蔚蓝，一摊洁白的海鸥。

感谢今生有你，感谢那些美丽的花、青绿的草、清凉的风、淡泊的云，感谢岁月，感谢风雨。再也不愿去想了，再也不愿记起。风的手，抚摸花的脸；云的泪，洒进湖的心。

夜的手指，拂过如绸岁月，多情的音符跳荡。每一段往事，都轻轻地吟哦。月色轻柔，暗香徐来，醉了远山，低了眉黛。风展开翅翼，徐徐飞翔，飞进岁月深处。心，遗落风中，再也寻它不着。

蝶舞花丛，何时厌了，倦了？风吹白云，何时来了，去了？今夜，不见花开，只闻暗香浮动。蛙鼓阵阵，鸡鸣声声，对啊，今天就是明天。没有"鸡声茅店月，人迹板桥霜"的意境，却有"天心月满"的空灵。放眼窗外，依旧是灯火辉煌，霓虹明灭。夜静静的，静得听得见自己的心跳。文字里跳动着诗意的浪漫，心里分外宁静，坦荡，明净。这是一种淡泊，一种心境。情不来不去，爱不增不减，心如如不动。

清风拂动，月光挥洒，人生也有许多怡人的风景，且歌且行，且看且欣赏。深沉的夜，清浅的月，温柔的风，善良的心，都一起聚拢来，汇成心底的那一抹暖。一卷书，一杯茶，一曲云水禅心，任丝丝禅意，融进生命，在心底安静生长。那枚早年种下的莲子，亦在心底生根发芽，静静绽放成一朵洁白的莲花，在月色下，笑得灿烂。

岁月丰盈，缘分却很骨感，红尘渡口，我丢弃了船，遗失了桨，你不来，我也不去，只在这，静静等你。把时光裁剪成远山和烟水，默然相对，寂然欢喜。在一张素笺上，书写俗世烟火。岁月的厚重，流年的悲欢，在笔下，一遍一遍反复温习。今生，只为与你相遇，我抛弃了经卷，扔掉了经筒，转山转水，一步步贴近你的温暖。只想与你相对无语，低眉，牵手，暗香盈袖。心动的刹那，我又重堕轮回。

一路浅行，一路思念，你若安好，便是晴天。一次擦肩，一个回眸，也已足够。寂静的心湖，再也不起波澜。刹那即永恒，一花一世界，一草一天堂。情缱绻，月清浅，下一次重逢，又在何方？多少风花雪月的故事，风干了，又湿；戒断了，又生。爱如烟雨，情如春草，春去春来，生灭无数。

往事淡若疏影，晨钟暮鼓，敲不醒俗世烟火。阳光依旧，岁月依旧，桃红依旧，只是早已物是人非。"去年今日此门中，人面桃花相映红。人面不知何处，桃花依旧笑春风。"那曾经倾心的相遇，已在云水深处，唯有渐瘦的时光，骨感成心中的山水。是宋代米氏父子的山水？还是吴昌硕笔下的烟雨？亦是蒙蒙复蒙蒙，深远，更深远了。

青丝锁，锁青丝，青丝三千，情系三生。说一句爱，太沉重；道一句珍重，太温柔。"最喜那一低头的温柔，好像水莲花不胜凉风的娇羞",再见,再也不见!

有多少爱,昙花一现;有多少情,过眼烟云。你忘了回忆,我忘了忘记,窗外燕子呢喃,又是一个黎明。天空湛蓝而静谧,黑白相间的云彩,铺满天幕。夏,依旧苍绿。田野里的荷花开了没有?远远望去,只是一片青绿浅绿。

还是那对旧时燕子吗?醉了相知,暖了话语,淡了流光。又是绿肥红瘦!谁在锁眉清唱,阳关曲?几分纯真,几许痴迷,细雨何故不淹留?自是晓风残月,无语问苍天。

好想做一朵蒲公英,随风飘,随风散,狂风送我,直上青云……尘归尘,土归土,回归大地母亲的怀抱,回归自然,忘了所有。"天之涯,地之角,知交半零落!"花气袭人乱禅定,自是轻鬘软语,旧梦阑珊。爱无法隐遁,情不知所以。

只想这样静静的,坐在窗前,任明月入心,清风入怀。静静品着香茗,打造一些美丽的文字,书写一些不知归路的情绪。好想就这样静静的,将美丽进行到底,待年华老去,依然可以拾取美丽的诗篇,读取美丽的故事和故事里烟云弥漫的心情。不论悲喜,不论成败,无关得失,不管苍凉还是华丽，平淡还是清冷。简简单单，淡泊无求，度过静美时光。

喜欢干净的素描，喜欢以雪做背景的油画，喜欢看画面上微裸的女人，听一曲佛歌，慢慢放手，拯救自己的灵魂。人生总有许多东西，随着时光的流逝，一一老去，成了回忆，苍茫成云山雾水。唯有记忆里深情注视的眼睛，青春的脸庞，犹如桃花，从未曾老去，依然醉美。

试着将白开水喝成一种美丽，试着将平淡打造成唯美的诗篇，试着用或深或淡的笔触，记叙慢慢逝去不再回来的流年，犹如用金丝银线，将珍珠般散落的过往，一一串起。总在别人的诗里，读出自己的泪水，世界上所有的情爱，都大致相同，世界上所有的故事，大多开篇华美，结局凄凉。

犹记寒潭渡鹤影，映在水里的，却是自己的身影。冰封了情，雪藏了爱，寂寞来时，温柔成绵软的痛，一阵阵，如海浪，缓缓涌上岸滩。蝴蝶有毒，美丽；爱情有毒，上瘾。雾里看花花也醉，水里捞月月也媚。雨打芭蕉惹铜绿，研墨，执笔，画一幅水墨丹青，在繁花深处，点上你的眉眼。

男人说："香烟爱上火柴，注定被伤害；鱼爱上猫，注定被吃掉。"女人说:"女人,活得别跟支烟似的,让人无聊时点起你,抽完了又弹飞你……记住,你要活的和毒品一样,要么不能弃,要么惹不起……"望雪落千里,青衫隐去;看红尘万丈,滚滚,眉间心上,一点朱砂泪,一泪穿心,总是难回避。乱云飞,寒波起,低语,挑眉,未悔平生意。望断天涯路,安得倚天抽宝剑,剑断江山,重拾回头路。与你歌里繁华,梦里烟花,驿边桥头,低眉耳语。

"枉梦痕依稀,任尘世来去,知几许,多情自伤己。"谁做歌云:"镜湖翠微低云垂,佳人帐前暗描眉。谁在问君胡不归,此情不过烟花碎。爱别离酒浇千杯,浅斟朱颜睡。轻寒暮雪何相随,此去经年人独悲,只道此生应不悔。姗姗雁字去又回,荼蘼花开无由醉,只是欠了谁,一滴朱砂泪。"

第二十六章

若然，
爱是一场轮回

（一）

时光老了，心也老了，搬一张椅子，坐在古树之下，泡一壶清茶，晒晒太阳。把自己想象成一朵梅花，开在枯瘦的枝头，只等一场雪，来把我静静覆盖。也许我就是一方老墨，在时光的纸上反复涂抹，写了一些苍老而遒劲的画意。不要人懂，不要人赏，只要自己看看，就好。

生如夏花之绚丽，死如秋叶之静美，生命就是一场怒放，开过了就无悔，凋谢了也无怨。冬天的雪还没有来，菊花却开得热闹，大街小巷，农家庭院，田间地头，无处无菊。少无适俗意，性本爱丘山，本性如此，自然而然。性淡如菊，恬静，淡泊，耐寒，清雅。闲来无事，泡一壶菊花茶，枕风揽月，落雪听禅，淡看世态，笑对生死。

一个木鱼，一卷经；一个僧人，一树梅；一轮明月，一尊佛。秋月春风，闲看；云水禅心，来去；无欲无求，自在。缘来缘去如流水，花开花谢一场空，行到水穷处，坐看云起时，休管它沧海桑田，爱恨情仇！

一座老屋，一个小院，几块奇怪的石头，有点古拙。屋檐低矮，空了的燕巢，破旧的木船，哪里也不想去了。只想就这样静静坐着，晒太阳或乘凉，看苔藓爬满石阶，草儿长满庭院。春天看杏白桃红，夏天看竹影小池，秋天乌桕叶在霜里染红、菊花黄在篱下，冬天在雪里烤火。

白落梅说："开间茶馆吧。在某个临水的地方，不招摇，不繁闹。有一些古旧，一些单薄，生意冷清，甚至被人遗忘，这些都不重要。只要还有那么，那么一个客人。在午后慵懒的阳光下，将一盏茶，喝到无味；将一首歌，听到无韵；将一本书，读到无字；将一个人，爱到无心。"

也许还真有那么一个人，值得自己去爱，一直爱到无心。如果我要开茶馆，一定要开在半山亭上，山上是僧庐茅舍，山下是滚滚红尘。不恋红尘，不恋佛，清风明月自在心。山上泉注，可以洗心；山下云起，可以净身。有没有女人无所谓，有没有知己也无所谓，任来来往往的过客，换了一茬，又一茬。

一个人，挺好。一人吃饱，全家不饿。不是僧人，心早已剃度。不是佛陀，经文早已看破。雨打残荷，是经书；日落烟霞，也是经书；花开花谢，云来云往，还是经书。

（二）

爱太沉，情易变，我以为红尘已看透，不再恋眷。梵音近，木鱼唤，我以为寺院才是我驿站。

寂寥的雨巷，我没有逢着结着愁怨的丁香姑娘，却遇到了你，悠然快乐的蝶。红尘，因你而流连，净土，因你而重现。

彩虹，没你绚烂；烟花，没你浪漫。你是一只轻盈曼妙的蝴蝶，旭日升，翩翩起舞；夕阳落，隐于灯火阑珊。阙歌会停，鲜花会谢。我想变颗星，伴你千年万年，你瞧我，我笑着眨眨眼，你不理我，我缄默不言；我想变轮月，默守你屋前，你散步，我跟随，你驻足，我陪伴。

花朵，没你灵动；画眉，没你内敛。你是一只娇羞优雅的蝶。安静时，楚楚动人；徜徉时，赛过嫦娥飞燕。雪花太寒，炉火太暖。我想变缕风，陪你万水千山，你飞翔，我助你一臂之力，你栖息，我止步赏观；我想变朵云，静候你窗前，你口渴，我送水，你炎热，我打扇。

叶落无声，花谢无语，质本洁来还洁去。无法割舍的缘，无法忘记的情，无法了断的爱，都是心底留下的泪痕，静静开成朵朵梅花，在往事的枝头，摇曳风姿万种。岁月朦胧，时光烟雨，风情也好，妖冶也好，都会在心灵的画布上留下若隐若现的影踪，美，且妖娆。

握不住的岁月，续不完的旧梦，缤纷成飞絮落花，卷入红尘深处。小楼亭院，流萤画扇，追得了岁月，追不了流光。薄衫不觉寒，玉臂冷月光，纤纤素手轻拾取，残红满地，春已深。梨花带雨分外媚，眉黛新描远山去，笑语盈盈暗香来。眼波漾秋水，红唇暖胭脂，娇喘微微情已动，酥胸微露香肩润，欲语还羞。清风徐来，蜂蝶舞，冷月解花语。

一笺书，诗情画意难记取，风月情浓。细雨斜阳长堤路，桃花红时双燕子，呢喃细语春草新，双宿双栖，柳桥花径。折柳撷花赋新诗，俏笑娇颜，醉了春光，羞了桃红。春情弥漫如春草，无边漫过春山去。流水潺潺如春心，更行更远更多情。鱼儿戏水春波里，情意绵绵无绝时。田间相逐，山里相戏，引得莺妒雀恨。竹影婆娑，红罗帐里，多少软语娇言。

（三）

轻捻风的清韵，拨动岁月的琴弦，忧伤的旋律，飘散在静谧的天空，绽放成漫天花雨。谁的指尖，划过宁静的心田，撷取泛黄的往事？生命静静地流淌、流淌。美丽与忧郁，浪漫与风华，爱在泪里，碎落成花。多少红尘往事，多少未了情缘，多少缠绵清泪，都随风飞舞，散做花中蝶语。回首凝望，烟云满山，秋水盈盈。

一阕词，几度春秋漫随风，挥毫濡墨弄风骚。桃花深处，花颜两相映。莺歌燕舞，人鸟总难分。油菜花下，紫云英里，翻云覆雨，花浪总是淫邪，多少尘间事，净在繁花似锦中。羞学黛玉葬桃花，只把落花逐流水，随水直到大江东。花魂拥浪蝶，春风醉良宵。暗香暖薄裘，鸳鸯被里眠，流光容易把人抛。转眼花落蝶飞去，风儿独自泣。

岁月成尘，化成泥，心已灰，人独瘦。残香独自怜芳菲，执笔举案，一帘风月。人已去，情未了，心难平。薄裘冷，孤枕寒，泪潸然。暮鼓晨钟，声声写凄凉。相思成疾，忧郁成病，痴心成魔，痛。多情总被无情恼，落花流水忽西东，错。再相望，人依旧，心已变，翻手覆手，咫尺天涯。缘已逝，情已灭，落花有意，流水无情，任那痴心碎成尘，碾成土。彩云易飞，烟花易散。爱恨情愁终一梦，落花流水春去也。罂粟美如画，情花终是毒，冥冥天注定，人去花落两茫茫。

一曲离歌，一声悲。霜染红叶，已是秋。落叶纷飞花成蝶，梦回江南烟雨中。一壶清酒，一壶茶，踏歌清唱对月酌。年华成蹉跎，双鬓已如霜。一曲新词酒一杯，迷离前尘后世梦。缱绻新曲夜未央，随风飞过天涯去。相思只做彩蝶舞，也无心肝也无魂。

（四）

或许爱情就是一场沉溺，两个心灵创造的幻境。一捧沙子会突然变成一个美丽的城堡，一个平凡的叶子会出现一片神奇的森林，一朵普通的花就会幻化成人间的万紫千红。爱熄，情灭，城堡就变回了沙子，森林就变回了平凡的叶子，万紫千红就还原成一朵普通的花。

一管箫，一管笛，声声呜咽到天明。紫帕罗衫双飞蝶，菊花遍地无佳期，鸳鸯梦，终成空。婵娟千里遥相望，烟波千里枉断肠，你爱我，我爱她，人生宿命总是悲。填词写赋作新曲，曲水流觞寄相思，你想我，我想她，乱哄哄你方唱罢我登场。玉女恨，情郎伤，缘字当头，命无常。红纱帐里一梦寒，桂花香里月徘徊。孟姜女，焦仲卿，梁祝一曲，肠已断。林黛玉，贾宝玉，阴阳相隔枉凝眉。牛郎织女星河隔，多情终是空烦恼。长恨歌，歌不尽霸王别姬空余恨。珍妃井，井底魂，故宫深院夜夜泣。

一盏灯，一卷经，句句梵唱伴钟鼓。年年岁岁花相似，岁岁年年人不同，前世因果今轮回，蜡炬成灰泪已尽。花已开过，花已落过，并不悔。前世情，今生缘，冤冤相报何时了？一声嘘唏，两声长叹。梦里落花知多少！

一卷诗，一生情，一路尘沙，一路歌，歌到尽头黄泉近，奈何桥上两相忘。尘归尘，土归土，数声木鱼，一声磬。

总无法参透命运的玄机，其实这样，才有味道，如同一个故事，早早知道了结局，失去了应有的悬念，会让读者猎奇的心大打折扣。命运中的每一个人，都无法知道自己的最后结局。爱情也好，事业也好，人生也好，我想，这是世界上最幸运的事。

每一朵花，都是怒放的生命；每一片叶，都是燃烧的激情。其实，生命就是用来怒放的，爱情就是用来燃烧的。在爱与失爱里轮回，在恨与无恨里徘徊，纵是伤痕累累，也丰腴了岁月。

让生命开成莲花，让往事淡如烟云，让回忆散成满地菊黄，即使沉溺，也是一件美丽的事。在某个冬日的下午，对着淡淡的茶香，一个红泥小炉，屋外有雪，闲坐着，然后漫不经心地想起……把一盏茶喝到无味，把一本经读到无字，把一炉火烤到灰烬，所有的毫无意义便突然有了意义。

逝去的爱，留下的伤痕，唯有一份崭新的爱情可以化解、治愈。快乐，要相信爱情，一直在不远处等待，勇敢走过去。

第二十七章

你是我
输不起的明天

（一）

　　音乐弥漫，岁月曲水流觞，我在其中。渐渐迷了心智，醉了红尘。恩怨江湖，爱恨情仇，我原是那大漠雄鹰，猎猎风中，傲视苍穹，搏击长空。在我俯冲的刹那，我望见了，那雪山下的你。一袭红裳，静立雪域，如一朵红梅。你说，你只是雪莲，不是我爱的红梅。我便从空中坠下，失去了方向，从此，色迷红尘。

岁月本无情，有情的是我们。人生本无悔，有悔的是我们。太多太多的爱，太多太多的恨，太多太多的痛，太多太多的悔，今生，有太多遗憾。如果有来生，你说，你会等我。可我，不愿再有来生，不愿再见，不愿再重温，这刻骨铭心的爱恨情仇。

你说：爱不成佛，便会成魔。

我成不了佛，也不想成魔。我只愿灰飞烟灭，只愿带走这今生所有的爱，所有的痛，所有的悔，所有的恩怨情仇。让它们跟我的躯壳，跟我的心，一起飞走，一起消散，化成烟，化成雾，化成花雨一片，随风飘散，再无影踪。那天空还是那天空，那云，那水，那树，那小河，那石桥，那村庄仍不曾变了模样。逝去的是流年，变幻的是我们。花褪残红，落英缤纷。

那曾经流淌于指尖的温柔，那曾经颤动于唇间的沉醉，那曾经弥漫于怀中的柔软，那曾经缠绵于骨子里的芬芳，都已经是梦中了。甚至都不在梦中，它已无处可寻。浪漫的，温暖的，温柔的，清纯的，可爱的，缠绵的，你们都去了何方？痴情的不是我们，是流年；心痛的不是我们，是岁月。

如果有来生，我宁愿是一棵树，只在你经过时，洒下一地花雨。

如果有来生，我宁愿是一株草，只在你哭泣时，轻吻你掉落的泪滴。

如果有来生，我宁愿是一缕风，只在你微笑时，轻拂你的脸庞。

如果有来生，我宁愿是一滴雨，只在你想我时，轻轻融入你的胸怀。

如果有来生，我宁愿是一片月光，只在你躺在爱人的怀抱里的时候，照见你明亮的眸子。

如果有来生，我宁愿是一米阳光，只在你带着孩子撒欢时，分享你片刻的温暖。

如果有来生，我愿是一片云，一朵花，一颗星星，一块石头，一粒尘土，在你熟睡时，装点你的梦境。

如果有来生，我不愿再见你。我只愿是你眼中的泪，唇间的火焰，脸上的微笑，手指间的温柔，怀中的跳动，身体里的芬芳；我只是你鼻腔里的呼吸，血管里的血液，肌肤上的温度。我只愿住在你心里，静静看着你和你爱的人。

如果有来生，我不再是那摘花的孩子，不再是猎兔的雄鹰，也不再是贪恋花蜜的蜂蝶。

如果有来生，我不再见你。我只是空气，只是阳光，只是风雨，只是弥漫的尘埃。我只围绕着你，跳荡在你的生命里，你却见不到我。

冬去春来，日升月落。似水流年，如花岁月，风雨淡去了尘世繁华。几度春秋，几度轮回，当你记不得我，我亦把你忘却。在来生的某个转角，你猛然在回首的瞬间，惊诧那一树繁花的凋落，听见心碎的声音，闻到熟悉的芬芳，请不要落泪。

此刻，我已不是我，我只是一朵没有心的空花。空花破碎的刹那，我便出现在你的生命里，你再也不会想起我，也不用想起我。

（二）

笔蘸春水，毫濡流云，以天地为纸，为你写诗。为你云起云落，为你花开花谢，为你千岩竞秀，为你一碧千里，为你大漠黄沙，为你沧海桑田。从微风习习到飓风狂卷，从凌波微步到万丈狂澜，从江南烟雨到塞外胡杨。每一缕风，都有我深情的呼唤。轻轻拂过你的耳鬓，轻吻你的脖颈，扬起你的发丝。每一朵花，都有我为你跳动的温柔。当你慢慢靠近，静静摇动馨香的花语。每一滴雨，都有我的心语，为你磅礴了一个夏天，又淅沥了一个秋天，到了春天，缠绵成无边的浪漫。

为你写诗，为你痴狂。好想与你手牵着手，站在古老的大榕树下，在波涛汹涌的大海边看海；好想与你肩并着肩，打一把花纸伞，在江南的烟雨里慢慢走过有着青石板的雨巷；好想与你紧紧抱着，骑一匹烈马，在广袤无边的草原自由驰骋；好想背着你，沿着朝圣的路，向雪域高原进发；好想依靠着你，在茫茫无人的戈壁大漠，穿越岁月的寂寞与雄浑。

月缺月圆，花开花谢，潮涨潮落，云起云收。山水骨感了，又丰满了。岁月枯瘦了，又丰润了。人间四月，草长莺飞，落英缤纷。我在绿树繁花深处，为你写诗。为你倾听每一朵鲜花，静静打开花瓣的声音；为你聆听每一对小鸟，缠绵呢喃的歌喉；为你细看，每一双蝴蝶，互相追逐嬉戏的身影；为你枕着书香，卧听蛙鼓；为你静观闲云流水，把思念铺满芳草萋萋的小径。相思如月色弥漫，柔软而温润。浓浓的情思渗透时光，融入花的蕊，叶的脉，流浪的白云，飞翔的鸥鹭，江心里的沙洲。每一滴雨，都有你的影；每一缕阳光，都有你的笑；每一粒微尘，都有你的体温；每一丝丝的空气里，都有你的馨香。

为你写诗，为你欢笑，为你落泪。无边的诗情，汩汩冒出泉眼，流向山涧，汇入小溪，聚成江河，最后汹涌成浩瀚的海洋。我的心如春天的田野，爱如春草萌动；情如烟雨迷蒙；处处鸟语花香，绿荫蓊郁。那岁月里飘过来的墨香，渐渐凝结成最美的诗篇。枕旁遗落的日记，散出落花，跌出流水，飘出白云，飞出蝴蝶，飞出你，以及你身上淡淡的体香。我沉浸在你的温柔里，忘了岁月，忘了时光，也忘了我自己。

你在哪里了？我怎么寻不着你？原来，你已是我血管里的血液，心脏里的心跳，肌肤上的温度，鼻腔里的呼吸，眼睛里的光芒，脸庞上的皱纹。你已在我的生命里，在我每一个细胞里，在我的每一次呼吸，每一个心跳里。我已不是我，你亦不是你。滚滚红尘里，静听花开，闲看花落。

为你写诗，蘸着清风流云，蘸着细雨阳光，在天空里，在大地上，书写我对你的爱恋。那山水花鸟，小桥烟雨，明月繁星都是我爱你的心，写满爱你的文字。春花秋月，江河大地，一千年，一万年，诉说着人世间的不了情。杏花开后桃花红，荷花残后桂花黄，菊花凋后梅花怒。岁月轮回，我心依旧。醉卧江南烟雨，闲看冷月寒星，让心中眷恋飞向远在天涯的你。

人世间总有许多爱，欲说还休；总有许多情，书不成文字；总有许多的相思，幽幽怨怨，缠绵不散。有时人在天涯，心却在咫尺；有的事远在千里，却总在心头。为你写诗，为你心动。你的眼，闪耀的是魅惑；你的酒窝，迷离得像陷阱；你的身躯，温柔得像故乡；你的心，醇厚得像老酒。心随你动，情为你生。

为你写诗，为你泪流，为你心碎，为你情迷。许多愁，才下眉头又上心头；许多恨，刺痛了心又温暖了心。爱了又痛了，甜了又苦了。问世间情为何物？人生为何不能若初见？岁月如沙，风儿吹过；时光如潮，潮起潮落。

蘸着海水为你写诗，那海洋里每一滴水都是爱你。捧着流沙为你写诗，那沙漠里每一粒沙都是想你。那空气里都是爱恋，那阳光里都是温柔，那花开花谢都是为你。为你写诗，从春写到夏，夏又写到秋，冬后又是春。痴痴不倦，忘了岁月，忘了流年。

"一生中至少有一次，为了某个人而忘记自己。不求结果，不求同行，不求曾经拥有，甚至不求你爱我。只求在我最美的年华里遇到你。"数年后重读这句诗，终于知道什么叫爱情。

第二十八章

心是红尘，
也是净土

（一）

六月的清风拂过，田野阡陌纵横，稻田，绿树，菜畦，荷塘，一片深绿浅绿。白日鸡鸣狗吠，莺歌燕舞，鸟声啁啾；晚上蛙鼓阵阵，明月入怀。大自然是世界上最伟大的杰作，静处其中，就会浑然忘我。每日卧听蛙鼓、鸟语，枕着明月入眠，无思无虑，自由自在。

煮茶品茗，依窗远望，静听佛音。时光如海浪和海滩，带去深深浅浅的脚印，远山深黛，天空蔚蓝。金黄的沙滩，梦幻般的平滑，洒满细小的贝壳，那是我用一生的爱、阳光风雨、泪和温柔，孕育的唯美诗句。诗句里带着大海的潮音，只等你来驻足、静听。天空已云淡风轻，野百合开满在黄昏的山脚下。

我仿佛是一个永远也长不大的孩子，用生命在时光的海滩上筑建心中的城堡，不断地建造，不断地等待海浪来袭。还有那个叫席慕蓉的女子，也和我一样，执着地用爱和欢乐筑梦，在洒满星斗的夜晚，满含着热泪睡去。

回顾来时的路，只见云烟散尽，天地一空。青春如海，爱情如月，半生的坎坷，如苍苍横着的翠微，山是空山，城是幻城。月光沁人肌肤，山风拂过，那夜夜的思念，如远远的梵音，飘扬成无字的经卷。执手就是相爱，放手就是离别。谁也无法说清这尘世的缘。只是你手指的温热，依然还在我的掌心弥漫；你指尖留下的馨香，依然还在我的鼻尖芬芳。

生命是一个轮回，古老的岁月，总是不断重复同样的故事，那一首叫爱情的歌，唱了秦时明月，又唱了唐时的风、宋时的雨，如今依然鲜活。离别是首歌，欢聚是一首诗，我们在诗与歌里轮回。风雨如晦，人生坎坷，我渐渐学会了倒着活，不停地删减，删到最后，只剩下一颗不染的佛心。我突然变得像个孩子，有着赤子之心。我学会跌倒了迅速爬起来，没有痛感，不计恩仇，单纯快乐。

海壮美而平静，云清闲而自在，花馨香而动人。静心禅坐，我就是宇宙，宇宙就是我。血液是江海，骨骼是山脉，汗毛是森林，肌肤是土地……一呼一吸，如清风拂过草原，青草繁花散发着淡淡清香；一举手，一投足，日月星辰都随我动，也随我消逝无影踪。

心无邪，心自在，突然忘了时空。端坐在莲台之上的刹那，天地一空，猛然惊觉：真正圆满的颜色，是无色，无色就是世间所有的颜色；宇宙所有物质与反物质加起来就是空；人生得失相加就是零。人生只上演三种剧：悲剧，喜剧，悲喜剧。无法预料的开始，无法预料的结局，我们永远在悬念里悲喜。往往是热闹开场，寂寞结局。"人生若只如初见，何事秋风悲画扇！"每个人最后都在时光深处温柔地成熟，寂寞地苍老。君本空中来，还自空中去，人生说到底还是赤条条来去无牵挂。

谁不曾爱过？谁未曾流泪？爱过就会痛，痛过就会伤。流光容易把人抛，红了樱桃，绿了芭蕉。夜的暗香袭来，所有的过往，都化成杏花春雨江南，朦胧成一首首唯美的诗。人生如酒，醉后方知酒浓；人生如茶，品后才晓茶味。经过了风月情浓，爱恨情仇，才是完美的人生。

尘世的万紫千红，原来只是佛前的莲花一朵。人生总在迷悟之间，红尘原本就是净土，只是我们执着的心，分出了净土红尘。平淡的流年，上演一场场美丽的遇见，一场场悲欢离合的悲喜剧。"无情不生娑婆，无爱不堕轮回。"我们谁不是为爱而生，谁不是为情而来！上演这部前世今生早就编排好的《红楼梦》。

站在彼岸，观望此岸，红尘滚滚，缘不过是一个叫"自性"的心屏上不断上演的电视剧，演的疯了，看的呆了。佛是过去人，人是未来佛，每个人都有自己的佛缘，迟早是要悟的。

为学日增，为道日减，减之又减，复归于零。只有放弃追求真理的心，才能得到自在；只有放弃追求物质的心，才能拥有快乐。人生其实是一场悖论，用逻辑的心去追寻，得到的永远是自我矛盾的纠结。生命其实是一个圆，用直线的思维去执着，得到的永远是患得患失的纠缠。平淡是人生的真味，净水是茶的原味。简单宁静，随遇而安，心中无事，华枝春满，天心月圆。

世人说知音难觅，知音就是自己的心。万法由心生，世间的每一个人，每一件物都是我们的心中物，他们都是我们的知己。观万物而知自己，观心而知宇宙。心，是红尘，也是净土。

寻香而去，踏月而来，人生何处不浪漫？

淡泊红尘外，潇洒天地间，长啸一曲："沧浪之水清兮，可以濯吾缨；沧浪之水浊兮，可以濯吾足。"淡泊从容，一笑而过。任你红尘滚滚，我自朗月清风。

坐亦禅，行亦禅，一花一世界，一叶一如来，春来花自青，秋至叶飘零，无穷般若心自在，语默动静体自然。

（二）

走得最快的，总是最美的时光；想要遗忘的，总是最刻骨铭心的爱情。时光如水，岁月如花，缘来缘去终是空，花开花谢皆自然。

习惯了独自行走，独自一个人静静地冥思。人生往往是这一秒，执手相看；下一秒，挥手天涯。在时光深处，采撷禅意山水，感受天上天下唯吾独尊的宽广与幽玄。

这世界，我来了！这世界，我去了！我潇洒地挥一挥衣袖，不带走一片云彩。我端坐云端，在清静的莲花之上，无声地宣告：我就是整个世界，整个世界就是我。蝶舞花丛，云游蓝天，随风飘远，任心无邪。以水洗水，水自非水水自清；以尘染尘，尘自无尘尘自净。

"隐隐飞桥隔野烟，石矶溪畔问渔船。"以自然为笔，铺天地为毫，我要狂草。提笔，风生；收笔，云涌。狂野，是大地的狂野；宁静，是天空的宁静；壮阔，是大海的壮阔；雄浑，是沙漠的雄浑；辽远，是草原的辽远……

石破，天惊，飞沙，走石。有渔翁的潇洒，有书生的柔情，有道士的玄妙，有佛陀的慈悲。爱，在心间，春暖花开！

花间一壶酒，独坐，独醉，独舞。花入壶中，云入壶中，梦入壶中。山水、日月、星辰、天地，尽入壶中。起身，转体，迈步，腾挪，跃进，蹦跳，我舞，我蹈，我歌，我狂。手中无剑，心中有剑，屠龙，倚天。气沉丹田，凌波微步，无边的剑气，幻化成太极、武当。安得倚天抽宝剑，我斩，斩尽心中妖魔，无边的花雨纷飞，曼妙成庄严世界。移泰山，斩昆仑，平天山，挽天河，意气到处，海啸天开。项羽扛鼎，曹操横槊，成吉思汗弯弓射雕……问苍茫大地，谁主沉浮？

阳光明媚，暖暖流淌，广玉兰花与心一样透明，馨香弥漫。在枝干上长满青苔的樟树林中静卧，枕着鸟语入眠，忘了时光，忘了自己，忘了尘世，天地一空，唯我自在。

往事如烟，记忆是一座废弃的城，想从中寻找点什么，终是不可得了。爱情渐渐褪去了色彩，如水墨画般淡远，远远的，隔着千山，隔着万水，模糊不清。唯有青春如山冈上那轮静静的满月，虽然遥远，却格外明澈。

一转身就不见了吗，说过要永远的。一起看过的花，一起听过的雨，一起走过的路，一起踏过的月，都也一转身就不见了。那只抛在河中心的旧酒瓶，仍然在记忆的河里飘荡，浓郁的酒味，醉了冷月，也醉了昨日。

依稀记得你在耳畔语，青春的气息，沉醉的声音，慌乱的心跳，如蝴蝶的翅膀，扑闪着阳光雨。早已春意阑珊了，不，是荷花将要开了，我已经忘记了季节，也忘记了自己。心，是真的不痛了，因为我没有心。你见过没有心的人吗？无心的人，非道即佛，我想我已经超度了自己，既在这个世界里，也在这个世界之外了。

静坐在石阶之上，放松，任躯体空澈，渐大，渐空，我的体内出现了草原、蓝天、白云、奔驰的骏马和悠闲的羊群，还有辽阔的海洋，高峻的喜马拉雅雪山，随风舞动的经幡，澄碧的湖泊。再大一点，体内就是繁星点点，最后身体消失，我成了虚空。

我知道，我既是众生，也是佛。我的体外世界与体内世界已融为一体，我看见的就是我自己心内的一切。我可以在净土和尘世来回穿梭，这就是所谓的穿越吧。从净土到尘世，一念。行遍整个宇宙也只一念，其实有限就是无限，刹那就是永恒。

为了忘记爱情，我连自己也忘了，忘了过去，忘了未来，现在也忘了。对我来说，没有了时空，也没有了矛盾。一花一世界，一沙一净土，心是莲花开，你已是莲花的一部分了，再也分不出你我。

（三）

用一生的时间静待一朵花开，用一生的痴恋唱一首情歌，虽然残酷，但很唯美。放了一生，也无法放下的爱，如古老庭院里石缝间寂寞的花草，羞羞怯怯，却拼了命地顽强生长，夜深人静时，在满月的清辉下，静静绽放。

花雨纷飞，我不知道这是什么花，如风絮般张着翅膀，雪白的，没有一点杂色。所有的花，都是心花；所有的花，也是非花。往事随风，漫如花雨。

路还是平常的路，只是不常走，青苔布满了石头小径。从未来到过去，只有一念的时间，但刹那就是永恒，我却要用一生来遗忘。在散落一地的花瓣中，伸手拈起一个极小的花骨朵，多么清新娇媚，可惜就落了。我那迷蒙在烟雨红尘中的爱，早已是漫天飞花了。

雨，在空中迷蒙。我知道，天空并没有雨，落的只是心雨。

常常在一棵开花的树前驻足，感叹它的繁华，也感叹那些花朵拼却一生，前赴后继的精神。通常一朵未谢，另一朵也已经开了。花骨朵青涩，初绽的羞怯，盛开的热烈，半老的带着风韵的温婉，萎谢的或义无反顾，或凄凄惨惨。落的充满落寞，开的充满希望，这多么像人生——为情而生，为爱而来，今生就是为了赶着一场情爱的盛宴，拼尽所有的力量绽开，开得热烈，开得曼妙，不求惊天动地，只求展现自己最真的美。

路边石缝里的小花，举着白、兰、粉、红各色笑脸，虽然弱小，但不卑微，她们是那么自信，那么从容。原来生命，就是用来绽放的；原来青春，就是用来盛开的。

打开岁月的扉页，席慕蓉的诗珠圆玉润般从发黄的薄页里滑落，这些曾陪伴我整个青春的文字，美丽了我年少的梦境。梦想写出跟她一样唯美的诗句，梦想拥有诗中那样浪漫纯净的爱情。我用一生的时间去追随，去梦想，去品味。其实这都是她美丽的心，梦一样迷人的心，我是迷在她的心里了。

我抱着她的诗集，度过了我寂寞的青春。诗是什么？是心境，是梦境，是一种说不出、道不明的混沌。诗与禅相通，都是一种只可悟、不可言的微妙与幽玄。

品味旧时光，流连在青春的小城，记忆里那辆飞驰的自行车，载着浪漫与欢笑，行走在过去的光影里。忧伤缓缓流淌，时光温柔且透明的十指，轻轻把我抚摸，漫长的街道，落寞的青春拉着长长的身影，冷酷而孤独。

芬芳从诗集里飘出来，那是十六岁那年从蘋洲采摘的几缕黄色花蕊的桂花，当时还是湿的。随手夹在泰戈尔的诗集《寂园心曲》里。没想到，隔着二十年的烟尘，依然芳香如故。

若你忽然问我为什么要写诗/为什么/不去做些/别的有用的事/那么/我也不知道/该怎样回答/我如金匠/日夜捶击敲打/只为把痛苦延展成/薄如蝉翼的金饰/不知道这样努力地/把忧伤的来源转化成/光泽细柔的词句/是不是/也有一种

/美丽的价值

重读席慕蓉这首《诗的价值》，我也从中找到了美丽人生的答案：花开就是禅，多情即佛心。

对生命的感悟，往往是"悲欣交集"。喜欢在那极致的温柔里寂然欢喜，潸然泪下，最令我们感动的，常常是心底的那份柔软。只有柔软的心，才是真我的佛性。那朵心中绽放的莲花，就是尘世的万紫千红。

在有人无人处，傻傻微笑；在有雨无雨时，对花絮语。若问禅在何处？华枝春满，天心月圆。

第二十九章

心有草木，
明媚向阳

（一）

茶烟花落禅心定，茅舍竹篱梵音清。远山白鹭飞，近水云烟聚，半窗松风，一帘暗香。午梦醒来，鸡鸣犬吠，阳光透过青绿的树影洒下斑驳的光晕。泡一壶桂花茶，慢慢细品，看窗外院子里桂花树下，无风也无雨，居然落了一地桂花，闲闲的，静静的，有点闲散，有点静谧。那种况味，说不出是浪漫，还是诗意。

犹喜落花的娴静和优雅。淡淡香气袭来，情浓意懒。如此，真的想怀抱一树桂花入梦，独揽一份馨香入怀，将那颗浮躁的心清闲下来，不再蠢蠢欲动，焦躁不安。懒散的漫步于午后，游走于桂花林中，独赏一枚秋韵，搁浅一段似水的光阴。时光静静流淌，静心，寡欲，闲适，无忧。静静观望，慢慢行走，聆听花开花落的声音，嗅芳香，品味秋意斑斓中丹桂的精魂。

"人闲桂花落，夜静春山空。"桂花落地无声，却有一种曼妙，那花儿开到了极致，千簇万簇压枝低，热烈到了极致，却又淡雅到了极致。花雨纷纷落地，铺了一地金黄，那种芬香比较奇特，清新、淡雅、空灵、馥郁？

穿透着，弥漫着，有一句诗可以形容它："花气袭人是暖香。"这种香气，有点暖，但又不似暖，又仿佛有点冷，应该是暗香吧，徐徐的，缓慢的，静静的，袭进你的鼻子，你不经意猛然一吸，淡雅而沉郁，不知是什么香味。你不自觉地抬起头来，到处寻觅，直到寻了许久，却寻不到什么。直到转了几个弯，过了几座房舍，才蓦然发现，原来是桂花开了！便突然有了惊喜，有了一点点兴奋。接着整整两个月，就在桂花的暗香浮动里生活，沉醉，享受，清欢。

于此，情不自禁想起了评剧《花为媒》中的一段唱词。"秋季里天高气转凉，登高赏月过重阳，枫叶流丹就在那秋山上，丹桂飘飘分外香。"可见桂花则是这个季节最香气袭人的花了。闲来赏花，花便入画，心中有情，那花香自然入了眼，着了色。此刻，轻轻叹息，季节的美丽不是每个人都能领略的，对于那些整天忙碌的人怎么能有闲情雅致来赏秋色，闻花香呢？

（二）

我是喜爱桂花的，喜欢这种淡雅而浓烈的氛围，仿佛爱情，酝酿了很久的爱，经过岁月的沉淀，沉香一般，慢慢透出香味来，愈来愈浓，愈来愈烈。瞧，那花骨朵孕育了好久，几乎一个月了吧？绿黄米粒一般，却闻不到一丁点儿香味，就算是用鼻子凑近了闻，或是摘下来放在嘴里咀嚼，也没有香味。接下来天天去闻，就是没感觉，直到你彻底忘记了它。却是突然的，一刹那的，远远袭来一阵奇香，突然把你整个儿人醉倒了，除了沉醉，我们还能干什么呢？

那饱满的爱情，似乎也和秋天里成熟风韵的桂花一样吧！淡淡地，幽幽地，绵长持久，不会有太多的奢求吧！爱着，握紧季节的手，暗香盈袖；喜欢着，轻轻走进彼此的世界，默默无语，无声胜有声。脉脉此情，惹了相思，瘦了岁月；丰满了枯燥的人生。

每日看桂花闲开闲落，采桂花，吃桂花，泡桂花，赏桂花，嗅桂花，花下看书，花下独眠，花下看儿童折桂，眼里面，身里面，心里面就全都是桂花了。从这个小区，走到那个小区，一样都是桂花。从城市这头，到城市那头，依然还是桂花。下班，一路踩着的，是桂花；上班，一路伴着的，也是桂花。平日里默默无闻，毫不起眼的桂花，突然就成了这个城市的主角，不管你到哪里，都是桂花。逃不掉，也不想逃，就这样做了她的俘虏，安心享受她的美与香吧。与桂花来一场恋爱，也挺好的。

昨天采了半袋桂花，今天却叫父亲拿去了。去年也送了他一袋，泡了上百斤酒，在桂香里享受了一年。单位上的同事，看见我半袋子桂花，眼睛也亮了，伸手掏出一点，放在鼻子上闻，那沉醉的模样，让他们也有了采花的决心和欲望。中午下班回家，居然看见桂花树下，一个妇人叫卖"矮子饼"，桂花做的馅，买了两袋，一尝，奇香酥软无比。

桂花静静飘落，只有这种花，落下的姿态，才真正称得上一个"闲"字。说真的，再也找不到一种落花，可以更具备"闲"的神韵。看这一排的桂花树下，都铺满了落花，一个个小区，整个城市，整个乡村，都是的。突然就心动了："来生，一定做个扫花人！"拿着竹制的笤帚，提一个花袋，扫这满城闲落的桂花。心动，就是心动了，百度一下"扫落花"，居然发现一句太白的诗："闲与仙人扫落花"，正合我意，甚是欢喜。

轻轻收拾着一地桂花，看着一地粉身碎骨的花瓣，心中并无半点黛玉葬花的凄凉，而是一种娴雅的别致。桂花不似桃花的妖娆，却也有其高雅的本质。"质本洁来还洁去，不教污淖陷渠沟。尔今死去侬收葬，未卜侬身何日丧。"一直不解黛玉葬花时的伤感，为何将万物轮回看地如此凄凉？

万物苍生，轮回本是常理，花开花落，也是季节的变迁。或许，凡人赏花，闻其香，观其美，便已足够。多情之人，高雅之士赏花，只为那份情怀吧！与我，世俗之人，闲来看花，不庸人自扰，独醉秋色，揽一份闲情，多一处风景，或许，如此境界闲也闲得高雅，懒也懒得悠然，也算智者修为吧！

桂花树下久徘徊，花开花落花满天。不言多情种因果，淡得闲情揽胸怀。暮色深秋，桂香弥漫，好一个秋韵翩翩。轻轻感叹，默默清欢，醉倒于铺满花瓣的桂花树下。昨日桂花树下独自眠，今日"闲与仙人扫落花"。我想，人生的浪漫，莫过如此。

（三）

轻轻地，我来了。如一片云，偶尔投影在你的湖心，请不必在意，来了，去了，皆是无心。你也不必惊慌，不言，不语，会心一笑，如此，甚好。

路，自有路的方向；云，自有云的归宿。我喜欢这样静静的，看泪，开成花朵；看流年，涓涓的细流，聚成小溪，汇成海洋。聚散，是一场缘。缘聚缘散，一切随风。

流着泪美丽，敞开怀欢笑。历练，懂得，成长，豁达。人生，是一场赌博，没有永远的赢家。跌倒了，只要能拍拍身上的尘土，爬起来，就是强者；搁浅时，只要别忘了让梦想再次起航，就不是孬种。

学会对自己说：什么都是浮云，什么都会过去。风雨过后，就会云淡风轻，一片晴空。

今天，你感恩了吗？今天，你分享了吗？今天，你快乐了吗？今天，你阳光了吗？今天，你善良了吗？也许，今生到这个世界上来，只为找你，圆一段未了的情缘。点燃心灯，彼此照耀，彼此温暖。

夜，静悄悄的。心，安然而恬静。午夜时分，找回那一份，属于自己的宁静。狗吠远远的，穿透夜的黑，带来一点田园的安详。远离喧嚣，与世无争。此刻，我就是一株空谷幽兰，于无人处，静静绽放。只为给早起的你，带来一缕清香。

幽谷，寒潭，明月。远去了刀光剑影，不见了鼓角争鸣。梦想，心路，现实，在冷冷的月光里融合。也许，灵魂就是一个贪玩的孩子，走着，走着，就忘了回家的路。常常，找个时间，清空自己，静坐，观心，就能找回自己。

其实，每个人都是天使。谁也无法剪去你的翅膀，因为翅膀，是从心里长出来的。谁也无法剥夺你的美丽，因为你的美丽，也长在心里。

（四）

几行新诗，几点寒星，一轮冷月，数声鸡鸣。寂寞的庭院，寂寞的山野。天地之间，独我一人。就这样，自言自语，孤芳自赏，给自己来一个洗礼。心，澄净，空无一物。

风，不起；云，不现。我，是莲花一朵，开在静谧的虚空。你不来，我不敢老去，在红尘里，等你，只为那千年的约定。

明天，就会蓓蕾覆枝，一夜姹紫嫣红吗？

明天，就会层林尽染，情与枫林同醉吗？

这是十月小阳春，满月，梨花，踏歌陌上，拂柳花间，正是人生诗意时。不见荷间露，只余枯荷几杆，其实，残荷听雨，更有一番风韵。竹篱，茅舍，溪柳，小桥，觅一方清静，独自清雅，独自简静。

喜欢采菊东篱下，悠然见南山。喜欢半窗月影横斜，江天辽阔，万物萧疏。金黄的小野菊，千杯万盏，开遍了山野。

青衫草履，孑然一身。泡一壶月色，斟几杯淡泊，点一簇渔火，弄一叶扁舟，到湖心去，听一曲云水禅音，便有了世外的浪漫。

寻找一种寂寞，寻找一种心境，寻找一种般若，寻找一种精神的内敛。点燃一支烟，任青烟袅袅升起，如故乡淡淡的炊烟，顿时有了温暖的感觉。

"我愿是你手里的一支烟。"那曼妙的女子如是说。为你，燃烧自己，为你甘为灰烬，只为贴近你的嘴唇，入你心，入你肺，融进你的血液。这是怎样一种爱恋？

我是槛外之人？还是槛内之人？也许本是一个，本没有内外的分别。燃烧自己，照亮他人，才可以度自己到彼岸。彼岸非岸，只是一种心境。也许在下雪的时候，采一枝梅花，煮酒，吟诗，就是彼岸吧。

在静夜里，枕月色而眠。看瘦瘦的风，摇曳着走过白墙，走过农舍。在秋天里，寻一条雪径，燃一盆炉火，直达禅的深处——聆听江南雨巷，叫卖杏花的童音。

蛙鼓突然响了，这是春天了吗？

第三十章

清秋，
在岁月的枝头妖娆

（一）

秋天是浪漫的、唯美的。她融合了感性的色彩和理性的沉静，既有成熟的风韵，又有洒脱的禅境。她是诗、是画、是流动的音乐。在我眼里，秋只有超凡脱俗的静美，没有一丝一毫的伤感和忧郁。秋恬静而壮美，浪漫而多情，是饱经风雨后的豁达和洒脱、明净和沉淀。

秋，时而只有烟霭笼罩下的朦胧，时而又是微风细细烟雨迷蒙，一夜过去却又变成了阳光灿烂，秋光明媚。这也许是江南秋天的独特风格吧，秋漫长而美丽，温暖如春。冬天就短短一瞬，几场冷雨数阵北风，一场大雪，就宣告春天来了。江南的春天雨水太多，一下接连就是几个月，还没来得及欣赏那阳光下的万紫千红，就已踩到夏的足跟了。所以我最爱的还是这江南的秋，沉静，唯美。

烟岚是江南的秋最主要特点。无论阴雨还是晴天，山水里的村庄，总笼罩着淡淡的烟霭，如轻纱，似薄雾，朦胧着，迷离着。她如女人多情的眼，荡漾着，暧昧着，如果不小心陷进去，这辈子说不定就完了。你喜欢也罢，不喜欢也好，就这么黏上了，一粘就是一辈子。

阴天并不多见，但却美得如一场朦胧的梦。你看那天上的流云，灰蒙蒙的，与地上的轻烟融为一体。天与地已没有明显的界限，只一半是浮云，一半是烟霭。浮云缓缓下泻，流入烟霭，形成一种唯美的动感。那烟霭也因山水的远近，田野的狭阔，变幻出浓浓深浅。山朦胧，水朦胧，楼朦胧，树朦胧，鸟朦胧，人朦胧。天地一片朦胧，仿佛渺远的岁月，悠长的时光，没有尽头。天阴而不沉，一切都是薄薄的，轻轻地，仿佛一挥手就可以拈了去似的。车流、行人在流云烟霭中，就如行走在美丽的梦境里。

雨天是屈指可数的，也是极美的。雨中的山水只能用两个字描述，那就是——仙境。我的笔拙得很，实在描绘不出其中美轮美奂的韵味。那雨不能称为雨，也不能称为烟，只能叫烟雨，一种介于烟和雨中间的东西。江南烟雨，如梦似幻。多少诗情画意，朦胧情怀，沦陷其中。那是个只能叫梦的东西，虚幻，缥缈。云是看不见的，雨也是看不见的，只能感觉得到，湿湿的，潮潮的，随风飘舞着、弥漫着，凉凉地拂过脸，拂过手指尖，但并不觉得寒冷。真正能看见的只有烟霭，青色的半透明的烟霭，只是比阴天稍浓些而已。如烟似雾的雨弥漫天地，无边无际，那山已不是山，那水也不是水，仿佛只有烟雨。山水，烟雨融为一体，已分不出哪是山，哪是水。我最喜欢在雨里骑着摩托车兜风，那种浪漫无法言说。回归自然，回归纯真，回归天地最初的混沌状态。也许这就是一种返璞归真，一种心灵与肉体的临界与徘徊。青箬笠，绿蓑衣，斜风细雨不须归。那水天相接的湘江和烟雨里的小舟，那烟雾中翩跹的小鸟和江边或坐或立的垂钓者，点缀着朦胧的梦境。远远望去，好一幅烟雨江南的水墨画！

留得残荷听雨声，只有在静夜，才听得见淅淅沥沥的雨声，和着晕黄的灯光，更多了一丝禅意。秋天的雨并不像春天那样缠绵，她干脆得很，第二天就消逝得无影无踪，紧接着又是天晴。

秋天最美的就是晴天，那一连数月的晴朗，中间偶尔夹杂几个阴雨天，总是一场秋雨之后，又是无数天的响晴。秋晴是最美的，这时的阳光格外温暖，格外透明。阳光直泻下来，亮亮的，并不怎么晃眼睛，多了一点人情味，变得亲切了，温馨了，平易近人了。阳光明媚，风儿也分外和煦。江南的冬天也是温暖的，何况是秋天。江南的秋，其实就是另一个春天，不过有些另类而已。那果树也常常被这温暖的天气所骗，有时会开错了花儿。我家的橘子树、梨树、杏树经常在秋天里再开放一次，热热闹闹一大片，洁白洁白的，甚是可爱，有的还结了果呢。那躲起来的青蛙，也像在阳春三月一样，呱呱地叫，傻掉了。阳光金晃晃的，有一点耀眼，但并不太强，只是觉得很美。那阳光弥漫天地，仿佛就是一片金色的阳光海，万物在阳光里沐浴，潜泳，仿佛都被她融化了，融合了。

只有在晴天，花儿才展现她的魅力。雨天是看不见花儿的，我就仿佛在雨天从没有看见花。也许在雨天只是观雨去了，完全忘了还有花的存在。最容易触入眼帘的应该是美人蕉，她妖艳着，从来都没有褪去鲜艳的颜色，那一抹醉人的红，是那么妖冶，充满了蛊惑和虽美，但不够端庄。夹竹桃是一年四季都开的，那一片繁花似锦，让人怀疑时光从没有流逝似的，总那么喧哗，仿佛从不曾老去。玫瑰和月季也浓艳着，渲染着。菊，当然是这个季节的主角，黄的，粉的，白的，一丛丛，一簇簇，淡淡的，却又美到极致。花落无声，人淡如菊。牵牛花也把紫的蓝的白的花瓣打开，也是那么淡，又轻又薄，不及菊花厚重来得美。最爱的还是野菊花，和那些不知名的野花，喜欢那种淡，喜欢淡里透出的野。淡定，洒脱，野逸，纯朴，什么叫返璞归真？我想这就是。不为人开，不为人留，自然而然，自由自在。

枯草斜阳，小桥流水，江南的秋美得精细，虽然不及北方的粗犷，却更有情韵。一切看上去都柔柔的，静静的，清清的，净净的，不染一丝尘埃。阳光暖暖的，照耀着秋天空旷的田野。农民们在菜地里种菜、施肥，孩子们有的打着赤脚，在浅浅的鱼塘里摸螺蛳，挖藕。他们时而劳作，时而嬉戏，好一个充满幸福令人羡慕的童年。那秋天的颜色，复杂而多变。秋山色彩斑斓，鲜艳夺目，火红的枫叶，金黄的银杏，许多不知名的杂树，黄、红、青、紫、蓝、橙、诸色间杂，说不出的绚烂，说不出的静美。阳光在树叶间跳跃，把它们渲染成最美的油画。我喜欢钻进堆积着厚厚落叶的树林里散步，喜欢听那脚底树叶的沙沙声，那种声音，仿佛来自另一个世界，纯粹而悠远。秋天里最美的不是赏花，而是看落叶的静舞。那是一种怎样的曼妙？落叶在风中曼舞，发出低低的絮语。有着饱经风霜后的从容与淡定，有着经历过沧桑后的彻悟与解脱。这难道不是一种涅槃？不是一种深沉的爱？"落叶不是无情物，化作春泥更护花"，落叶是无私的。

在秋天，除了晒太阳，最喜欢的还是登高望远。"会当凌绝顶，一览众山小。"登高临远，满目秋色，尽收眼底。斜阳，烟岚，远山，秋水，苍鹰，构成一幅绝美的画卷，我想，再高明的画家也无法表现出来。那禅意，那超越了俗世凡尘的深远与绝美，只一个字可以形容——醉。沉醉残阳，沉醉枫红，沉醉烟岚，沉醉秋水，沉醉过客。醉人的秋！

秋天的月夜是最美的，皓月千里，带着冷冷寒意。春天的花，秋天的月，都是极美，任何一个季节都无法与之媲美。冷月寒山，清江白露，秋天的月，美在净，净得不染纤尘，仿佛能照透人心。"千江有水千江月，万里无云万里天"，秋月是最能通禅的。那无边的虚空里一轮明月，照彻一切，无云亦无尘，岂不是佛的境界？这时秋虫也响了起来，仿佛隔世的梵唱。

我爱这唯美的秋，那是不食人间烟火的净土。

（二）

沿着长长的防洪大堤散步，到处都是黄的红的野菊花和紫的白的牵牛花，还有青绿与彩色相间的杂树。一律的色彩斑斓，一律的美如图画。在花与非花之间漫步，沐浴夕阳的余韵。秋日的诗情，徜徉在岁月的素笺里。谁在独享这日暮时的静谧和寂寥？悲凉与惆怅？

阳光静静洒满山坡，流云静止不动。秋风占尽岁月的芬芳，秋花魅惑老去的柔情。云霞映落日，天空醉酡红，暮色牵扯秋日的微凉，落晖浸染飘舞的树叶，说不出的凄美，道不尽的苍凉。落日的影子把大地覆盖，温暖岁月的冰凉，洒一地淡淡的温馨。曾记年少时光，幽深雨巷，带着淡淡丁香味的女子，那一袭长裙，那一缕长发。谁在秋风里舞着秋声？谁在秋阳里灿烂了秋菊？雨巷不见，却听见渺远的足音，在亘古里响起。无尽的风景，无尽的心绪，皆随风儿飘远，到了天的另一头。

　　沉重的是脚步，不是飞逝的流年；忧伤的是思绪，不是斜阳下翻趾的鸥鹭。翻滚的、激荡的、热烈的、喷薄的、四射的都已不见了踪影。光阴荏苒，时光如流。天上飘过的，地上流着的，空中飞翔的，何曾停一停脚步。抬头遥望天边的晚霞，晕染着满山枯草老树，数不尽的流年，数不尽的飞絮落花，春去秋来。狂热的心，炽烈的情，汹涌的花，缠绵的雨，都只在旧时的诗篇里了，何时又更改了容颜？谁能抓住岁月的肩膀，让时光回转身来，把深深浅浅的足迹重新排列？无痕的是岁月，有恨的是我们，时光抛弃了青春，青春抛弃了爱情，爱情抛弃了我们，我们抛弃了诗歌，诗歌抛弃了人生。我们再也找不到曾经的自己，找不回，那曾经泪染过，悲伤过，爱慕过，绝望过，眷恋过，怀念过，又不得不放弃的深深浅浅青春的足印。

红尘弥漫，落叶潇洒。流水总是逐落花，流年容易把人抛，黄了橘柚，老了菊花。鼻上仍闻得见昨日的芬芳，指间却只剩岁月的苍凉。种稻收稻，栽菊收菊，我所播的爱呢？所种的情呢？何曾一睹她的芳颜。只剩一抹惆怅，满怀思恋。落日淡远，轻烟如风似雾，朦胧的山，朦胧的水，朦胧的树，朦胧的屋，朦胧了岁月，朦胧了人生。蜗居天地间，为何不以宇宙做屋，以天为顶，以地为床，青山绿水为衣衫呢。裸奔，裸奔。其实非裸，裸奔的心谁能看得见？

谁是那爱作画的孩子，将颜料泼洒了一地，东一涂，西一抹，画出这个多彩的世界，我们叫她秋天。斑斓的色彩，浪漫的情怀。沉醉了日，沉醉了月，沉醉了山水，沉醉了烟岚。如果时光倒流，青春重现，也不见这般韵致，这般唯美。秋醉了风，风醉了山，山醉了水，水醉了残阳，残阳醉了荒草，荒草又醉了雏菊。无边落木，衰草斜阳。微风一过，漫山遍野都是火焰，都是燃烧的激情，唯美的诗篇。天凉好个秋！

平静的心再也不会起波澜，只任残阳枫红互相沉醉。生如夏花之绚烂，死如秋叶之静美。老去，亦是一种美，淡定从容。夕阳落叶，唯美人间，洒脱自在，静美诗意。仿佛这死就是生，纷纷慷慨以赴，毫不迟疑。去又何悲，来又何喜，该来的都要来，该去的终要去，缘聚缘散，因起因灭，自然而然。悲有何益，不如大喜。

夕阳西下，是一种壮美。落叶归根，是一种静美。秋美在高尚，美在无私，美在从容不迫，潇洒自在。秋美在风韵，仿佛那绝世美人回眸一笑，一生的风韵尽在其中，倾国，倾城。让你不觉醉了红颜，迷了风尘。努力了，收获了，也就淡然了；爱过了，恨过了，也就释然了。这就是人生。风流的秋，蕴藉的秋，婉约的秋，静美的秋，娇艳的秋，唯美的秋。秋的美在于丰富，她饱经了春之骚动，夏之炽烈，终于酝酿出她流光溢彩的神韵。无意于喧嚣与繁华，只一味地淡，一味地静，一味地偏好于净了。她不停地删减，不断地舍弃，从容了，不迫了，精进了，务实了。

　　秋静静的，悄悄地，抚平了岁月，抚平了人生。富贵的，贫贱的，华丽的，平凡的，都在这纷纷落叶间，平静了，均衡了。不管你曾占有多少，一切终归于零，这是大自然的公平，大自然的博大与智慧。平平淡淡才是真，从从容容是最美。死亡，也许是大自然最美的馈赠。

　　残阳如血，苍山如海。天空高远而落霞纷飞，远山苍茫而倦鸟归来。思绪悠悠，伴着凄美，伴着祥和，一直缠绵到长亭外，古道边，更在远山外。

　　天色渐暗，到处都笼罩在薄纱似的轻烟里，朦胧着。山水，长河，大桥，城市乡村，都失去了轮廓。而夕阳却大如车轮，没有光亮，只剩一抹酡红，山越发苍茫了。苍鹰也在盘旋而下，小鸟忽上忽下翻跹而来，静静停在身旁的石头上，一点儿也不觉得害怕。而那半轮明月，高悬半空，逐渐亮了起来，泛出皎洁的亮光。其实是日月同升，只是太阳的光芒黯淡了她的容颜而已。人生亦是如此。天色逐渐黯淡，渐渐黑了下来。村子里的人家掌灯了，几点晕黄，几点温暖。河对岸的城市，也已灯火辉煌，一片人间仙境。冷月也渐亮，渐渐有了光辉……

第三十一章

爱锁秦楼，
烟水之湄

已是深秋，一窗云雾，半帘烟雨，有点微凉。说是烟雨，却似烟非烟，似雨非雨，看得见，摸不着，朦胧着，缥缈着。这样的时光，最宜读词，便打开词卷，煮茶品茗，独享闲暇之乐。犹喜唐宋词，手握书卷，感叹烟雨红尘，秋来本是伤怀，细细品读绝美词句，竟浑然忘我。如此意境，好不唯美。突然生出一念，良辰美景，何不独上高楼，寻找古词中的意境？出门，乘上电梯，直奔楼顶而去。登上三十层楼顶，极目远眺，只见远山含黛，河水飘烟，整个城市大半尽收眼底。携一缕云烟入画，纳半城山水入怀，此种心境，不悲不喜，却弥漫着淡淡的愁绪，很淡很淡，如烟似雾。

"暝色入高楼，有人楼上愁"，心与自然合一，愁已入胸。山水里的烟雨，就是人心中的烟雨。烟锁秦楼，氤氲浸润，是否有人与我一样平添秋思，惹了闲愁？"寒山一带伤心碧"，回味李白此句果然奇绝。零陵的美到了极致，烟雨之景竟然与词境界吻合。树树皆秋色，山山唯落辉，登高临远，天地苍茫。高楼林立，如一个个素雅的青花瓷瓶，骨子里带着清幽，韵味里处处都是精魂，优雅而高贵。孑然傲立的摩天大楼，宛如江南美女，亭亭玉立，轻蹙蛾眉，兀自风韵。平林漠漠，烟雨迷蒙。远山环抱，流云与烟岚融为一体，整个城市如在襁褓之中，仿佛一个婴儿，凸显着生命的张力。俯瞰远处，村舍依稀，隐于云烟深处，置身于云水中的我，渺小如尘埃。但我又身在天地外，天地不过是我心中一个诗情画意的幻境。独赏黄昏，别有一番情调。人往往就是这个状态，换个地方，就换种心境。

眼前这个小城并不陌生，曾经把最美的青春，最美的记忆都留在了这里。青春年华、求学之路，酷爱自然山水，也曾怀揣一本《少年维特的烦恼》，忧郁了整个花季。爱游田野、山林，特别钟情于春天的风景，那紫色的梧桐花，还有开满繁花的松林，林中一座座坟墓。每一座坟墓，如少年维特般，都有一个故事，并驻留在我泛黄的记忆中。感叹光阴的无情，今又重来，却是人到中年。然而，流连山水之意，贪恋自然之美的心，却不曾改变。昨日夜深人静，独自站在楼顶，观赏了一下零陵夜色。第一次与天是这么接近，明月高楼，繁星闪闪，夜色微凉，感觉再伸展一下手臂，就可以捉月了。头顶偶尔有飞机掠过，伸手亦是可以抓到一般。揽月摘星，流云入怀，好不浪漫。但毕竟是夜晚，远山近水看不分明，只见一城灯火。在楼顶游走了数圈，举目四望，处处风景各异，最美之处，还是西方。只见远山含烟，潇水凝碧，分外妖娆。原来西行一里许，就是潇水河，与著名的"潇湘夜雨"只有二三里之遥，心中窃喜。于是飞速下楼，取了数码相机和自行车，乘电梯，再下楼，直奔潇水之滨。

　　沿着大路西行，过了一中侧大门，又过了一片小区，果然见绿树堆翠，蓊蓊郁郁，连空气亦渐渐清新起来。突然闻到一阵樟树特有的香味，抬头一看，好大一片樟树林，自山顶随山势倚侧而下。路也渐渐陡了，却越来越崎岖。曲径通幽，好一个自然优美的所在，一股清幽之气逼人而来。这是一个村庄，是我在楼上俯瞰时发现的。或青瓦红墙，或白色的两层小楼，绿树成荫，篱笆墙院，竹林摇曳，簌簌有声，宛如天籁。终于听见虫鸣了，也终于闻见鸟语了，还有白色的蝴蝶，在金黄的叫不出名字的野花丛中飞来飞去，好一幅田园风景。下几道弯，穿过几片竹林，蓦然见一痕碧水，宁静而温润，玉一般，呈现在眼前，心中忽然是惊喜的了。这就是潇水，妩媚、多情，唐诗宋词里的水。挥毫当得江山助，不到潇湘岂有诗，其实说得很对，几百年过去了，这个小城依然秀美，山清水秀，诗情画意，惹人怜爱。有位佳人，在水一方，如果把这个时尚而风情的小城，比作一个风韵的思春少女的话，那么，最美之处，还是眉眼。山为眉，水为眼，问君去哪边？眉眼盈盈处。爱这座小城，只喜欢繁华的街市，夜市的暧昧，不喜欢山水，我想一定是个下流的人。犹如只爱女人性感的身躯，不沉醉于顾盼生情的眉眼，自然如薛蟠之流，只是个酒囊饭袋的俗人罢了。

潇水，沉静的，亦是娴静的，秀而媚。含着轻烟，带着淡淡的愁绪，最是黛玉的眉眼。潇水西边，就是湘水，湘水要瘦一些。往北过去一里地，就是潇湘二水汇合之处——萍岛，也许就是古诗里的蘋洲吧。我想曹雪芹是见过潇湘二水的，至少在唐宋词里见过，不然就不会把黛玉命名为潇湘妃子了。岸边闲草汀花，河中丝藻纵横，水清浅处，现出小而圆润的石子，状如鹅卵。水中浮萍青翠，岸上蓼花似火，星星点点，清淡，秀美。岸边也有几丛芦苇，举着白色的花，随风摇曳，让人感觉一点秋意。最是惊奇的，坡岸之上，居然开了几丛紫罗兰，淡雅而高贵。没想到这样高贵的花，也可以开在荒野河畔。不远的水畔，亦有一株美人蕉，妖艳，夺目。美人一般，立在水之湄，人近不得，独自妖娆，如民国美女张爱玲，妖而艳，比凡人多了一份世外的孤傲。

几只乌篷小船，静静横斜在水面，懒而散，野渡无人舟自横，有点野，有点闲，我喜欢这种野趣，带着淡淡的禅意。近水听音乐，不管是古筝还是笛声，只要沾了水云，便更悠远动听。金庸小说里的人物，最爱在飞瀑流泉，河之滨，水之湄，弹琴长啸，神韵飞扬。学生时代，常有学音乐的同学，带一支竹箫，于月明之夜，在潇水的悬崖之上一坐，对着明月清风，竹林碧水，徐徐吹来，天上一轮明月，水中一轮明月，如同仙境。万籁俱寂，只听一缕箫音，低沉，幽怨，悠远，穿透冷月，秋水，瘦山，残菊，丹桂的芬芳，伴着水声，缓缓蔓延而来。如清泉出罅，曲折往复，迤逦成韵。此时，最适合读李白《忆秦娥》，楼上美女，水畔洞箫，一轮明月，一片水声，幽幽咽咽，如慕如怨，如泣似诉，绵绵不绝。"二十四桥明月夜，玉人何处教吹箫？"杜牧的此句用在这里，也分外贴切，潇水之上，大小拱桥无数，如花美眷，亦是无数。世上又有哪一个人，能为我登楼远望，听风，听雨，听花开花谢，月满西楼，为我唱一首离歌？

潇水的乱石危崖是最美的，特别是秋水渐瘦，水落石出，那危崖最是险绝。沿着小路一路北行，只见竹园龙吟细细，凤尾森森，分外幽僻。篱笆院落，各色蔬菜，橙黄橘红，甚是惹眼。橘子都熟透了，却是无人采摘，园子里散落了好多，更有甚者，一个个鲜红的橘子从院墙上，篱笆上伸出来，触手可及。三三两两的人家，幽僻寂静的院子，给人的感觉就是安静清幽，院子中或有人，或无人，只一个"闲"字，一个"幽"字。院中古老的大樟树，树干枝丫上长满苍苔，更显幽寂。人是闲的，慢悠悠地浇菜，闲扫落叶。白蝶儿是闲的，漫不经心地从此片花丛飞里到那片花丛上，翩翩起舞。野花儿也是闲的，秋风里自开自落。白花黄蕊的油茶，或黄或红的不知名的野花。古瘦枝头的白色梨花，也开得动人，这春天开的花，居然也来赶热闹。十月小阳春，运气好还可以听得见蛙鼓。越往北，鸟语也越多了起来，对着美景一路猛拍，误打误撞，居然到了正在修建的萍洲大桥，浮萍满江，一片青翠，心中大快，此时，萍洲也遥遥在望。天地空阔，江面也突然一宽，豁然开朗。去萍洲的游船停在岸边，并无人上船，偶尔一只小船慢慢摇到江心，拖着一道长长的水痕，摇皱一江秋水。动静之间，平添许多妩媚。

潇湘多情，美得高贵，美得有灵气。有舜帝二妃，娥皇女英的美丽传说，有潇湘妃子林黛玉传神的一笔，更增添了美与灵的神韵。潇湘的美，重在灵。不似西子湖"浓妆淡抹总相宜"那样华美，也是不是秦淮河"六朝金粉气"那样俗艳，她的灵秀，只有柳宗元和曹雪芹的笔才能刻画得出。"千山鸟飞绝，万径人踪灭。孤舟蓑笠翁，独钓寒江雪。"待到冬日，大雪，这儿会更寂静，更有惊心的美吧。此刻，我是爱她的，爱她的禅意，也爱她的风流蕴藉。潇湘二水和群山，曹公说"似笑非笑含情目，若蹙非蹙柳叶眉"，她就是颦儿的眉眼，仅凭这一点，就足以迷我一辈子，让我一辈子为她痴狂，无怨，亦无悔。转转悠悠，不知不觉到了自来水净化中心，只见池中水净，远远一山，山上一长廊，约半里来长，木栏黄瓦，金碧辉煌，长蛇一般隐入林中，惊叹大师造园的艺术。随手摘两个橘子吃了，对着繁花上的狂蜂浪蝶又拍了几张，甚是欢喜。转过一片山林，便是萍洲大道，只见大楼摩天，大道开阔，颇有盛唐之气。回首，一片云烟，轻烟笼着灵秀的山水，笼着重楼。

"山似眉峰聚，水似眼波横"，还有哪一方山水，配得上这样一句诗？烟锁秦楼，在水之湄，此情缱绻。如读《红楼梦》，如品《诗经》，只有在唐诗宋词中可觅得如此烟水。回得家来，早已华灯初上，城里一片灯火通明，那潇水与远山也梦在灯火中迷离了。

第三十二章

一院子秋风

清晨，又被鸟叫醒。披衣，入院，落叶优美地舞着，惊起一院子秋风。几张石凳，一张石桌，一座假山，零星的蕨类植物点缀其间，便有了疏散的闲趣。古拙的桂树，把暗香飘远，沁入心脾，入肺入骨。几杆修竹，几丛蕉影，几盆菊黄。如此美景，切莫错过，于是，叼一根烟，点燃，闲坐，静静聆听这一片秋声，闲看这一院子秋意。

这就是秋声了么？仿佛来自远古，与我有隔世的缘分，心就这么被它触动，沉醉在无边的萧萧之中。先是萧萧瑟瑟，细细碎碎，如清泉流过石罅，古筝轻轻调试，玉落于地面。紧接着，如雨过竹林，棋落玉盘，金戈铁马，刀剑铿锵。转眼，如飞石走沙，万马齐鸣，大海涨潮，山崩地裂。看那风，并不猛烈，静静地，晃一晃，就歇了，声响却是如此之壮观，仿佛发自大地深处的丹田之气，蕴积了巨大的能量，厚积而薄发，小小一点动作，就足以惊天动地。

这是怎样一种风？雄浑，萧瑟，大气，磅礴，壮烈。弥漫天地之间，纵横万里河山。这就是大汉的雄风么？还是盛唐的宽博之风？仿佛来自庄子的文中，汪洋恣肆，所向披靡，一刹那，连绵成无边的秋声，驰骋，奔腾，席卷，奔突。

风向变幻不定，真如徐志摩的诗《我不知道风是在哪一个方向吹》，立在风中，有点晕乎了。是大西洋的西风，或是西伯利亚的北风？还是来自太平洋上的东风，或是印度洋上的南风？交汇，融合，矛盾，统一。这就是华夏五千年文明吗？包容，沧桑，大气，浪漫。受这秋声的牵引，不自觉地迈动步子，出了院落，到了山野之中。天地空旷，远山如烟似黛，远远的，远如墨韵里的米家山水。屏息，凝神，摒弃杂念，沉浸在微凉的秋风之中，仿佛自己就是那只遨游于天地之间的大鹏，随飓风展翅升起，扶摇直上，逍遥于无极的虚空。

其实，心即是宇宙，没错的。心好小，小如芥子，却可以纳宇宙万象。就让我这颗小小的心，与宇宙融为一体吧，也许，我只是宇宙中的一粒微尘，风一吹，就散了。或许，我真在宇宙之外的，这个宇宙，只是我梦中的幻想而已。

我喜欢独处，独对自然，就有了心造万物的感觉。万物心中生，万物心中灭，是怎样一种美妙？不可言说。喜欢在秋天的田野里漫步，不思不想，忘记一切。有时整整一天，我都仰躺在河边枯黄的草地上，看天上连绵的云彩。融合，融合，再融合，最后成了一整块灰蒙蒙的天幕，玉般温润，大理石般平滑。夜鸟归巢，农人还家，几株树的黑影，朦胧在阡陌纵横的田野里。此时，暮色四合，天地空旷，独立荒野，拥无边夜色入怀。

于是，便有了陈子昂："前不见古人，后不见来者。念天地之悠悠，独怆然而涕下！"的苍凉和感慨。我喜欢这种感觉，空旷，高远，远离人烟，心也更宁静，更干净。

天凉好个秋！独立荒野，可以一人静。天地雄浑，我自从容。任东来西往的风，穿透胸膛，伸张怀抱，纳天地入怀！天高，地迥，夜色苍凉，田野静谧，江河逶迤，长风浩荡。日月星辰，天地万物，入我心怀。谁，挥剑问天？谁，横槊赋诗？谁独立寒秋，低声吟语："问苍茫大地，谁主沉浮？"

风起了，磅礴，沛然，肃杀。这是怎样一个秋天？繁华与衰败共存，苍凉与唯美并在。秋风起，心沉吟。秦皇汉武，成吉思汗，梁山好汉，多少英雄豪杰，金戈铁马，踏遍万里江山。残阳如血，苍山如海。万里长城，埋葬多少百姓尸骨。大漠黄沙，垒去了多少壮士的热血。王朝的兴替，周而复始。谁也逃离不了死亡，谁也摆脱不了轮回，原来一切皆空，不错的。因为我看见了空，所以我更爱这色，尤其喜爱秋天静美之色。此色，清而不浊，丽而不妖，至美而有沧桑感。

走在崎岖的阡陌之上，感受大地的静谧与清凉，品味秋天的唯美、成熟、风韵与魅惑。心身俱空，抛弃耳朵，抛弃眼睛，我在用心聆听自然的天籁，用心观照秋的壮美之色。

秋已渐深，不久就会万里霜天，层林尽染，我喜欢那种如火般燃烧，却又不是火的静美之态。我喜欢心的自由、自在、解脱、无拘无束。喜欢那种"天上天下，唯吾独尊"的潇洒与豪迈。天下是大家的，也是我一个人的，人生如梦，梦中所言，梦中所见，只博一笑。泡一壶茶，斟一壶酒，慢慢啜饮，平心静气，冷眼，冷骨，冷肠，静观天下。

天下，不过是手中的一幅画，一阕词，一首诗。如用佛眼看，地球不过是一粒细沙，大海不过是一滴水珠，宇宙不过是心头飘过的一片云。太小，太小了，小得如一粒芥子，哈口气，就不见了。但也可以放大了看，把它从心里拉出来，描出大好河山，点出日月星辰，泼出世间万物，加以风雨雷电，阳光月色，这样，便有了世界。

以天为盖，以地为席，我在天地间。我，就是世界的中心，端坐不动，世间万象亦会在心间流动。

这是怎样一幅画呢？大气，雄浑，肃穆，浪漫，写意。昆仑山脉蜿蜒，喜马拉雅山横亘，阿尔泰山脉逶迤，长白山脉秀丽，削出五岳，描出秦岭，勾出祁连，点出阿里山。中国，是欧亚大陆上的一只雄鸡，背靠俄罗斯，尾朝印度，嘴啄朝鲜，足踏日本。好一幅写意杰作，自然的鬼斧神工，的确无人能及。

画出塞北烟云，晕出江南烟雨，染出大漠黄沙，勾出草原辽阔，勒出五湖旖旎，泼出四海浩渺，擦出万里江山。长江与黄河两条巨龙，纵横捭阖，从水墨中心，跃出如龙。雅鲁藏布江奔腾，珠江咆哮，海河，淮河，松花江，贯穿其中。一条条龙脉，磅礴而舒展，隐秘而彰显，构筑人类东方文明的摇篮。天地幽玄，厚德载物。天地之间，唯我中国。

且看，山耸万仞，摩天；海纳百川，博大。喜马拉雅冰天雪地，世界屋脊上有神山——喜马拉雅山，屹立于大地之巅。泰山雄，五岳独尊天下第一；华山险，北瞰黄河依秦岭；恒山奇，悬梁为基，双峰对峙；嵩山卧，峻极于天，横卧中土。衡岳幽谷深壑，云诡雾谲，度应玑衡，铨德钧物，轸星之翼。雁荡嶙峋瘦骨，壁立千仞，龙盘虎踞，一柱擎天。峨眉云鬟凝翠，鬟黛遥妆，重峦叠嶂，妙通玄机。黄山奇峰嵯峨，怪石林立，悬松倒挂，飞瀑纵横。

且看，武夷山清逸，庐山俊秀，张家界群峰傲立。天山的瑶池，五台山的钟声，普陀山的潮音，峨眉、九华的佛光，武当、青城的道行……我在你的怀中，你也在我心中。玉龙雪山美丽的爱情，天涯海角的鹿回头，中流砥柱上的不屈精神，入心，入梦。

且看，洞庭妩媚，江南水乡，八百里云烟；太湖清丽，三万六千顷，清波浩渺；洪泽窈窕，千年古堤，一百零八湾。鄱阳妖娆，巢湖婀娜……三山高耸，五岳摩天；五湖清幽，四海翻腾；大地润泽，江河纵横；万壑千峰，霞染云飞。青山碧水，田园静美……

漫步田园，在自然里沉醉，在天地间感悟，读一本闲书，做一回闲人。琴棋书画诗酒茶花，皆入胸怀，心笔融汇，得意忘形。长城蜿蜒，故宫宏伟，兵马俑威武，莫高窟沧桑……万里山河，不过是心中意象，随心而动，随手而生。持笔，立定，气沉丹田。挥毫，泼墨，笔走龙蛇，奇正相生，疏可跑马，密不透风。颜筋柳骨，方严正大，朴拙雄浑；颠张醉素，翩若惊鸿，蛟若游龙；胸有成竹，意在笔先，水墨交融，天地人，儒释道，融合，交缠。朱雀与玄武，阴与阳，雅与俗，天与地，日与月，男与女，对立而统一，金木水火土，相生相克；一即一切，一切即一。世间万象，都在太极八卦之中，亦在空色之间。

英雄的雄豪、美人妩媚、隐士的超逸、骚客的放达，农耕文化与现代文明，都在纸墨中，流淌，孕育。燕瘦环肥，绿肥红瘦，唐风宋韵，汉魏风骨，美丽的中国红，都在这巨大的造化里，都在我心中。

问天下谁是英雄？老子骑牛，庄生梦蝶，孔子登泰山而小天下，佛陀拈花一笑。

心，是一部史诗。逶迤绵延的山河，犹如一个史诗里的一个个句点，岁月沧桑，山河雄浑，有一种悲怆，亦有一种壮美，一种静到极处的躁动与喧嚣。我是喜欢静的，喜欢烟火稀少的地方，看莽林与溪涧，远弃尘土与喧嚣，在无人的空谷，寻找灵魂的圣地，心灵的净土。喜欢于静寂处，看天空高远，海洋蔚蓝，大地深厚，草原辽远。雨果说："世界上最广阔的是海洋，比海洋更广阔的是天空，比天空更广阔的是人的心灵。"不错，心才是最大的。

五千年文明，一弹指，一须臾，一刹那。亿万年岁月，亦是短暂如白云苍狗。端坐莲台之上，冷眼旁观红尘，不争，不辩，不言，不语，云水禅心，自在解脱。闭目，静观，一切皆空。

天地不也是一个院子吗？我们都在院子中。

第三十三章

露凝芳华，
霜染流年

（一）

　　静夜，泡一杯茶，静静翻阅写露珠的诗句，耳听红楼梦中的曲子，心中便凝聚着一片缠绵悱恻的情愫。当读到秦观《鹊桥仙》里的句子，"金风玉露一相逢，便胜却人间无数"，心仿佛被音乐洞穿了一个洞，有风吹过，心中的清荷修竹上有露珠摇曳着，缓缓滴落，掉进心池里。

人世间的情爱，便如那金风玉露，刹那芳华，转瞬即逝，徒留一声长叹，一片痴情。古代痴情的男子，如纳兰性德，曹雪芹，陆游……痴情女子更是不计其数，可惜都如露珠一样，昙花一现，唯美了岁月，却留下了永恒的遗憾。

"对酒当歌，人生几何？譬如朝露，去日苦多。"人生本苦，仅有的一点欢乐，便如那朝露一般，应是弥足珍贵了。前几天，我在潇水河畔还特意观察过河中残阳，竟然是一道，不是一轮，半江青碧，半江红艳，甚是美丽。秋夜的露珠，却从未细观，若是得见，定是惊心动魄的。

"秋荷一滴露，清夜坠玄天。好来玉盘上，不定始知圆。"一荷，一叶，一露，青翠如玉，晶莹似珍珠，不管荷花是全开、半开，还是含苞，都给人超凡脱俗的美。若有风来，一池子绿叶，把露珠倾倒下去，颇有露珠翻尽满池荷的意趣。待到深秋时，秋荷病叶上，白露大如珠，枯荷带露，更有一种凄凉的美。秋风老了，荷叶也老了，心却不老，如那露珠，晶莹剔透，闪着圣洁的光。

露从今夜白，月是故乡明。露白月明，秋虫声声，都会染上一种乡愁，斩不断，理还乱，弥漫心怀，缱绻难散。故乡有一片松树林，月上松梢，总会听见露珠如泣似诉的声音，感觉分外凄冷。

露在田园里，更是美得多。年轻时，天天翻越一座小山去上班，早晨的露水沾满狭窄的山路，一路走过去，裤腿和鞋子，都浸湿，茅草花粘在上面，还令我发愁呢。不过，现在想起来，真的好喜欢那段边走边欣赏山野风光的岁月。露珠在草头上悬着，密密簇簇，千万根茎上千万滴露，那些野花和蔬菜花上的露珠更是好看。只见花蕊里一汪露珠，颤颤悠悠，娇滴滴，亮晶晶，如少女眼中泪，似落非落，煞是动人，恨不能在她的粉面上轻咬一口。

露白月微明，天凉景物清。夜里看露珠走上青秧叶，也是一种享受。田野一片静谧，但可以听见露珠的声音，窸窸窣窣，从禾苗叶子上滚落田里，心也跟着纯净，仿佛那些露珠，就是掉进心里一样。此时，菜园里、草丛间，都是这种精灵走过的细音，心中便是满满的喜悦。

清晨朝阳下的露珠，更是美丽的。这些断线的珍珠，在阳光下闪闪烁烁，如水晶，如玛瑙，如宝石，闪着迷幻的色彩。一滴露珠，也可以映照出山河大地，蓝天白云，也可以在七彩的阳光下幻化出万千色彩，橙黄变橘绿，亮蓝变靛青，姹紫变嫣红。我想用露珠来诠释佛陀的一花一世界，是最好不过的了。一颗小小的露珠，也倒影了整个天地。

可惜露珠穿不得。如果可以，真想变一滴露，一生干净，不染尘埃，质本洁来还洁去。

露是阳光的，也是快乐的，是绚丽的，也是纯净的。它如慈母，也如爱情。

（二）

我是颇喜欢霜的，最爱唐代温庭筠一句："鸡声茅店月，人迹板桥霜。"数声鸡鸣，一间茅店，木板桥上的霜上一行似有还无的足迹……

天地之间，谁不是过客？匆匆地来，又匆匆地去了，只留下一个若隐若现的背影。

霜草苍苍，虫声切切，村南村北，行人绝。

漫步古诗词中，跟文人墨客一同读霜，那浪漫孤绝的意境、清新自然的空气、质朴纯净的心绪，令人远离繁复，神清气爽，静享恬淡之美。

在深秋读霜，也别有一番情调，白霜与菊黄、枫红、衰草，这些景物搭配起来，才更有神韵。如穿着花衣裙的女子，忽然不小心，裸露了酥胸，走漏了春光一样，让人刹那间惊艳了双眸，不自觉地赞叹一声，眼与心都被吸引了过去，有点魂不守舍了。此时，田野里也漫起一层薄雾，朝阳却如一枚篆刻的闲章，闲了，静了。

阳光照在霜上，雪白里带着胭脂色，仿佛娇羞可人的姑娘，脸上突然间荡漾起的红晕。但这些并不很久，又倏忽消逝了，只留下怅然所失的我呆立在原地，任记忆的画面一遍遍重现。

霜，是水魂、冰魄。铺在田野里，如白毯、玉屑、银色的锦缎，有着油画的质感，我想，霜是最适宜油画的。草丛里，菜叶上，晶莹、锃亮，带着小绒毛，甚是可爱。天气晴朗的早晨，有点清冷，但并不刺骨，带着些柔柔的暖意。田野如同新涂了脂粉的少女一般，勾魂摄魄，美得出众，让人忍不住地想多看几眼，而我是最痴的那个，总是如见情人一般，情不自禁地扑了过去。不管绕多远的道，都要去，去看那枯草上秋霜渐融，去踩那结霜的草，印出足痕。伸手抚摸冰雕似的菜叶子和花，雀跃得像个孩子。

遍地枯草，遍地白霜，加上淡淡的雾和雾里酡红的朝阳，我便迷恋其中，忘乎所以。

江南有霜的日子不多，即使有，也不及北方的大气。若是那茫茫草原、大漠黄沙，都覆盖了霜，那该是多么震撼的宏大篇章啊，只可惜如此壮丽的图景，我却无缘亲见，只得在梦中，在心里，一次次追寻，一次次留恋了。

霜是抹不去的乡愁。秋月，秋霜，秋情，秋思，都带着淡淡的愁绪，若是远在他乡，自然而然就会惹上乡愁的病。

霜是化不掉的悲情。古时的边塞，战场上的男人，多多少少是想念家乡的。看见沙似雪，月如霜，此时如果有一只笛，或是一支箫，徐徐吹奏；或是一支古筝，轻轻弹来。半夜，边声，乡愁，大概多情的人都会泪流满襟，泣不成声了。秋风萧瑟，草木摇动，一雁孤鸣，霜飞晚，还有比这更煽情的吗？

天下写霜，最愁人的莫过于张继的《枫桥夜泊》："月落乌啼霜满天，江枫渔火对愁眠。姑苏城外寒山寺，夜半钟声到客船。"一读泪满襟，二读肠千结，三读魂已断，二十八字里十余处景物，如同把天下所有的悲情，置于一壶一杯之中，浓得闻一下，就醉倒在地，无药可治似的。可见落榜比战死，可悲得多。

霜是解不开的相思。闺阁之中写霜的诗，也有可读的。曹植《情诗》里有："始出严霜结，今来白露晞"之句，这时间跨度也挺大的，一年才约会一次，想这相思，也挺深的。李白的"萤飞秋窗满，月度霜闺迟"，此时，鸳鸯瓦冷，翡翠衾寒，青衣素娥。亭阁隐约，珠帘半卷，石阶深远，古木幽寂。高楼闻秋砧，月冷万树霜，更是无法入眠。佳人娉婷，似玉含烟，凝目远眺，如水带愁，心中缠绵之意袅袅不绝。

我喜欢在有霜的天气里独行。

冷冷的清秋，寒山远，石径斜，白云悠悠，偶尔可见一户两户人家。此时如果徒步或骑一辆自行车，缓缓跋涉山野深处，看枫红，也是一件很浪漫的事。朝阳初照，枫叶醉美的，如同火烧。天高云淡，山明水净，碧空也净，有点霜，染白了枯草，挂满了树梢，数树深红、浅黄，披着霜衣。路旁的橘子，经过寒霜洗礼，色泽分外红艳，口味也愈加甘甜。霜的寒，霜的冷，何尝不是大自然给予我们的另一种馈赠呢？

最妙的，还得有菊花。看菊花，要看霜菊，才看得见菊的傲气。白霜之中，菊有点蔫头耷脑，却并不散落在地。如果凋谢了，那也是傲骨铮铮的。

菊枝是傲的，得用枯笔焦墨去钩，菊叶得用浓墨淡墨去染，不管红的黄的黑的白的，只要是菊花都有一种淡雅。也许是因为经霜的缘故，更淡了，也更傲的了。看似柔弱，却有苍老的笔意，似一枝老菊。十年磨一剑，剑不出鞘，就有冷冷的凉寒。林散之的书法，齐白石老人的画，曹雪芹的红楼梦，贝多芬的命运交响曲……无不是经霜后的杰作。

秋阴不散霜飞晚，鸟去鸟来山色中。还有比这更寂寞的吗？寂寞的尽头，就是喧嚣吧。冬天的霜野，更加空旷，也更加萧条，一片枯黄的衰草里夹着碧绿的菜畦，经霜一染，更加壮丽。

我是爱冬霜的，不是因为它冷，而是因为透过薄薄的霜衣，我可以触摸到春天的心跳。——冬天已经来了，春天还会远吗？

第三十四章

禅心，听雪

（一）

雪，是一种信仰，也是一种爱情。

雪，是用来听的。闭上眼，放空心，屏住呼吸。夜静，山空，一切都没有了，唯有雪。

或许每个人心里，都有一个雪庐，雪庐很小，只容得下一个人，只容得下雪。雪庐也很大，容得下世界，容得下宇宙。

听雪，隔着一层东西来听，似乎更有况味。譬如窗，譬如篷，譬如瓦，譬如书，譬如画。人在内，雪在外，似隔非隔，似断非断，心意相连。

张爱玲说："彼此有意而不说出来是爱的最高境界，因为这个时候两人都在尽情享受媚眼，尽情地享受目光相对时的火热心理，尽情享受手指相碰时的惊心动魄。一旦说出来，味道会淡许多，因为两个人同意以后，所有的行为都已被许可，已有心理准备的了，到最后慢慢变得麻木了。"

听雪，尽可以曲径通幽。越曲越好，那幽僻的妙处，看似偏，看似僻，进去后却别有洞天。

最妙的是书中听雪。就是坐在别人的雪庐里，听另外一个世界的雪。

在雪小禅的散文里听雪："这世间的美意原有定数。这听雪的刹那，心里定会开出一朵清幽莲花。也寂寞，也淡薄，也黯然。但多数时候，它惊喜了一颗心。"那雪，是清欢的。

在《红楼梦》里仍然可以听雪，那年冬天好大的一场雪，下在大观园："四面粉装银砌，忽见宝琴披着凫靥裘站在山坡上遥等，身后一个丫鬟抱着一瓶红梅……"那雪，是惊艳的。

在老树的画里也可以听雪。几座茅檐，白雪堆积在屋顶，四面都是雪，枯藤老树上是雪，地上也是雪，没有人迹，没有声音。只有雪。那雪，是空无的。

在张岱《湖心亭看雪》里听雪："雾凇沆砀，天与云、山与水，上下一白。湖上影子，唯长堤一痕，湖心亭一点，与余舟一芥，舟中人两三粒而已。"那雪，是白描的。

独坐湖心，寂然不动，听冷冷的雪响，任雪落进心底，天地一白。心早已空掉了，只留下这一湖的雪，一湖的孤寂，没有一个人可以走进来。

风烟俱净，唯有雪扑簌簌地下。

（二）

雪既是天使，也是妖精。

雪可以超尘。南方很少看见雪，以至于对雪的盼望和眷恋，成了一种情结。好羡慕北方的朋友，可以大约半年时间在冰天雪地里净化。冬天偶尔下一场雪，我便如一个天真的孩子，恨不能也变成一片雪花，在天上飘来飘去。

雪，就是我的另一个灵魂，从另一个世界飘来，融进我的肌肤，沁入我的心底，冰冻了欲望，纯净了心海，我便是雪，雪便是我，分不出哪是雪，哪是我。

听雪，是听它的静谧，听它有声中的无声。听雪，也是听它的纯净，听它曼妙里的空灵。天地一色，还有比这更大手笔的吗？回风舞雪，还有比这更灵动的吗？听雪，更宜一个人，静静的，空阔而寂寞，那雪，就是下在心里的，每一瓣雪花，都是一个精灵，轻轻地飞着，静静地落着，在心灵深处。

在潇湘平湖上听雪，也是很有诗意的。看，那湖上冒着热气，雾一般，雪落进去，冒一阵烟，就不见了。雪，有点疼吧。轻微的，呻吟一声，就不响了。总在这个时候，几个垂钓的人，把自己塑成一座雕像，呆住，半晌不动。

更有划着一叶小船，或干脆是高僧打坐般，端坐在一个汽车内胎上，慢悠悠地摇到湖心，尽享寒江独钓的闲趣。也许，他们是在听雪吧，唯有到最寂静处，才听得见雪的心语。

童年时，在家中听雪，听的是一种温暖。每逢下雪天，父母会在瓦房里燃一盆大火，油茶树的树蔸，耐燃、芳香。还有油茶榨油后的茶蒲，圆圆的，脸盆大小，外面裹着一层稻草，带着茶油的芬芳，砸烂了，架着烧，奇香四溢。童年的冬天温暖而漫长，烤火、煨薯、煨芋，躺在父母的怀里听雪唱歌，酣然入梦。大火烤着，身上暖暖的，心里甜甜的，那雪在梦里吟哦，带着芬芳，带着笑。

少年时，空山听雪，听的是一种寂冷。一个人在一个四合院的乡村学校，一间瓦房，屋后一片竹林，那种况味，是过于清寒的。被冷，衾寒，孤独到有点怕，寒冷让人无法入眠，就那样睁着眼，看亮亮的窗，听冷冷的雪，直到天明。雪打竹叶，有种清响，玉落地的声音，脆生生，清冷，一片玉碎的声音。

青年时，车上听雪，听的是一种思念。有一年，从深圳回家，车到双牌岭，正遇见大雪，车轮装上了防滑链，走走停停，养路工人在车轮下倒工业盐。看路上白雪皑皑，山上大雪茫茫，才第一次感觉到什么是故乡的雪。那雪再冷，也是温暖的。用心聆听雪敲车窗的声音，就如童年的儿歌，母亲深情的呼唤。

而立时，在南岳山巅的僧庐听雪，听的是一种浪漫。禅院外，一条藤茎绿，万点雪峰晴。禅院内空寂，几株古松，一院子白雪。雪声与钟磬音，融合在一起，更有一种空灵、清远的曼妙。僧庐外就是高峰，深涧，卧听松梢衮雪声，更是幽静、渺远。"衡山苍苍入紫冥，下看南极老人星。回飙吹散五峰雪，往往飞花落洞庭。"诗仙李白与佛陀释迦牟尼，都是心中最美的雪。

不惑时，在西藏的神山和圣湖听雪。心如圣湖，只蓄积雪山融化的水，波澜不惊，空灵澄澈。找一块石头坐着，也可以下棋，左手和右手对弈，不论输赢；也可以喝茶，口与心对话，不问对错；或者干脆不思不想，只管对着悬崖峭壁，满山冰雪发呆，封山了，终于没有人烟了。没有人烟，那才叫静啊，也是彻底干净了的。

雪，有着天使般的纯净，天使般的美丽。但我想，她归根结底是一个妖精，要不然，怎么叫我如此爱恋，以至于意乱情迷，欲罢不能，心甘情愿为她沉溺呢？

（三）

雪是静静燃烧的冰，也是为爱死掉的水。

听雪，需要静、净。心要无尘、空。

"听雪，最好是一个人听。两个都嫌多了，因为有了人气。到底这是一件没有人气的事情。只要一个人，安静下来，天地大美，雪安静地下，心里只有雪，只有雪飘下来的声音，连天地都成了陪衬。这种天地清明的空寂呀，是山河岁月里最艳寂的刹那。想突然间死了也就算了。也值了。"

雪小禅这段话，是尘世里最美的情话了。记得一个红颜曾说过：好想，死在你身下。后来，她在冬日的艳阳里晒太阳，晒得快化了，也给我捎来一句话：好想就这样死了，消失了，不见了。

可见人的情感是相通的。三毛在《撒哈拉的故事》里，只想死在荷西的怀里，凡·高死在燃烧他生命的麦田里的，海子死在通往太阳神宫殿的路上……

听雪，是听天地交合，听最艳丽的那一笔。

听雪，是听僧庐禅院，听最空寂的那一笔。

听雪，是听茅舍竹篱，听最闲散的那一笔。

听雪，是听空山无人，听最深远的那一笔。

听雪，是千山鸟飞绝，万径人踪灭，听最孤绝的那一笔。

听雪，就是听心，人的一生，不过是心与心的战争，大漠黄沙，金戈铁马，最后都归于沉寂。时间的万紫千红，春花秋月，原来也可以这样，归于一种颜色。

把心听出一朵莲花来。与雪来一场私情，你知，雪知，天地都不知。

从窃窃私语到大珠小珠落玉盘，又到窃窃私语，空寂无声。

听雪，是听灵魂的交缠，融合，归一。雪就是我，我就是雪。